醉花词

李清照的繁华与悲凉

魏璇 主编

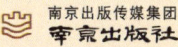

图书在版编目（CIP）数据

醉花词：李清照的繁华与悲凉 / 魏璇主编. -- 南京：南京出版社，2023.4
ISBN 978-7-5533-3971-9

Ⅰ.①醉… Ⅱ.①魏… Ⅲ.①李清照（1084~约1151）-宋词-诗歌欣赏 Ⅳ.①I207.23②K825.6

中国版本图书馆CIP数据核字（2022）第223502号

书　　名	醉花词——李清照的繁华与悲凉
主　　编	魏　璇
副 主 编	史小兵　孙志洋
出版发行	南京出版传媒集团 南京出版社

社址：南京市太平门街53号　　邮编：210016
网址：http://www.njcbs.cn　　电子信箱：njcbs1988@163.com
联系电话：025-83283893、83283864（营销）　025-83112257（编务）

出 版 人	项晓宁
出 品 人	卢海鸣
责任编辑	徐　智
责任印制	杨福彬
装帧设计	上善若水
印　　刷	南京百花彩色印刷广告制作有限责任公司
开　　本	787毫米×1092毫米　1/32
印　　张	11
字　　数	150千
版　　次	2023年4月第1版
印　　次	2023年9月第2次印刷
书　　号	ISBN 978-7-5533-3971-9
定　　价	58.00元

用微信或京东APP扫码购书

用淘宝APP扫码购书

序言

因你而来的感动

加西亚·马尔克斯在其自传《活着为了讲述》的扉页上写道:"生活不是我们活过的日子,而是我们记住的日子。"其实每一种记录与创作过程的本身,就是一种不设目标的精神抵达。

谁也不曾想到这样一本书的创作灵感,是在一个平常的雨夜里被激活的。

记得那晚，只身漫步在夫子庙的小巷，在朦胧昏暗的灯光下，我漫无目的地徜徉着，被古典与诗意交汇的唯美吞噬。抬眼间，一个云髻汉服、撑着油纸伞的女子，款款地走在前面，娴静中带有清雅，温婉中隐含忧伤。这份超然物外，这份冷落凄清，突然就让我想起一个人……

我出神地望着她的背影，大脑里却在努力检索着一个熟悉却又疏远的名字。

秋雨滴滴答答地打落在瓦檐、梧桐和伞顶上，单调而又节奏散乱，如雨打芭蕉般静谧，又像水过堤坝的低语。如泣如诉，如真如幻。

窗前谁种芭蕉树，阴满中庭。阴满中庭。叶叶心心，舒卷有余情。

寂寞深闺，柔肠一寸愁千缕（李欣彤 绘制）

伤心枕上三更雨，点滴霖霪。点滴霖霪。愁损北人，不惯起来听。

寻寻觅觅，冷冷清清，凄凄惨惨戚戚。乍暖还寒时候，最难将息。

三杯两盏淡酒，怎敌他、晚来风急？雁过也，正伤心，却是旧时相识。

寂寞深闺，柔肠一寸愁千缕。惜春春去。几点催花雨。

……

当这些词句从我的大脑里闪过，我知道，眼前的女子让我想起的，不是别人，正是易安居士李清照。是的，她曾在这里彳亍徘徊过多久？是的，她曾在这里惆怅感伤过几回？这青石的路面上，她走过去的足印似乎还有痕迹；这潮湿的空气里，她幽怨的叹息似乎还有回响。

抬头，看向那翘角的飞檐，伴着丝丝细雨，任思绪自由飘散，我感觉到时空突然膨胀到千年，我仿佛穿越到南宋，抑或是她溯流到我的眼前。我感到我的每一根血管都顺着这条时间的管道延绵向她的灵魂，贯通了她的悲欢。

千年之前，时光的另一端。那时的南京，还叫"建康"。大约也是在同样的季节，一处官舍，小窗微启，秋风萧瑟，微雨淋淋，一人临窗对雨，感怀伤逝。正逢国难之时，大厦已倾，又遇多事之秋，至亲辞世。死生契阔，忧愤卷怀，悲不自胜。那个阴冷的季节，那场雨，那些落花，在催生出那些不朽的文字后，也永远地记住了她的悲苦，她的才华。此后，南京的每一个寒秋，落下的不只是丝丝细雨，也是她的千古吟唱，她吟唱个人命运，也吟唱国家安危；她倾诉儿女柔情，也抒发丈夫豪气。动荡的岁月中，她几次来到南京，秦淮河畔，西水关头，赏心亭下，城墙之上，她把人间悲欢吟唱成传世绝响，留在这座文学之都的历史长河之中，久久回荡。

恍惚间，我如庄周梦蝶般朦胧，又像苏子泛舟般迷幻。李清照这个名字和这个幻影般的雨夜，还有那个撑着油纸伞的女子，便一直贮存在我的脑海里，像一帧帧幻灯片，不断回放。她是那么雅致，那么纯粹，那么安静地默默绽放。她在不停地牵挂着我，也在无声地召唤着我，仿佛冥冥之中注定了一段千年之约。

后来，因为事业上的发展，我们布局新的产业，着力打造一款具有中华传统文化属性的酒品，万事俱备之后，如何确定品牌的内涵和名称，成了一直纠缠我、困扰我的问题。

在一个安静的午夜，在昏暗的灯光下，我对着桌上的文案陷入了沉思。恍惚间，我好像看到了她手持酒盏，秋风掠过她消瘦的脸庞。

"哦，易安居士，是您。"

"没想到时过境迁，千年之后，还有人能记得我。"

"不是我记得您，是所有的中国人都记得您，我想把最好的酒敬奉给您，把一生的酒都敬献给您！"

穿越时空的对话,让灵光闪过,"醉花阴"几个字突然跳进我的脑海,稍加酝酿,"醉花池"这个名字便应运而生了。

于是,最初的品牌愿景,便是传播李清照诗词文化,体验一位女神对家庭的信仰和对爱情的忠贞,还有她热切的家国情怀和跌宕起伏的人生经历。只想让她笔下清新婉约的诗词,伴着这甘醇的美酒流入我们的心灵深处,滋润时代下每一个有趣的灵魂。

就这样,醉花池带着灵魂的香气,成为了穿越千年而来的礼物。寻宋江南,千年之礼。因为李清照而有醉花池,因为醉花池而更懂李清照。在文化自信的当下,她是文化的载体,将最美的诗词,最美的酒,最美的人,最美的情境,奉献给每一个"腹有诗书气自华"的你。

后来，因为一个偶然的机会，有幸认识了孙志洋先生，在交流中，得知孙老师对李清照的作品和人生经历有所研究。于是，我们在聚会时，彼此分享着李清照的故事和那段复杂纷乱的历史。慢慢地，积累多了，我们便集腋成裘，完成了这本关于李清照诗词的书，以期让更多的读者能够走进李清照的故事，了解其传奇人生。

这本书，经过八个多月的精心打磨，完成了一次次不曾跨越的千年对话与精神抵达！

在写作的过程中，我们力求讲述一个真实而亲切的李清照形象，当然因为很多问题在学界的争议颇多，且往往尖锐对立，我们不做学术上的争论与研究，只选择其中之一来讲好我们的故事。在这期间,得到了叶兆言、余斌、高峰、卢海鸣、李裕康等诸位老师的精心指导，在此一并表示真诚感谢。

做再多的事，说再多的话，走再多的路，见再多的人，心里总还有一些荒芜，需要不一样的填补。何以如此？大体就是知堂先生说的那样，"我们看夕阳，看秋河，看花，听雨，闻香，喝不求解渴的酒，都是生活上必要的……"

疏疏落落的秋雨，让人心意慵疏。在这花和雨的世界，最适合做的事情，就是把一盏香醇的酒，与一个不古的灵魂，一起聆听时光的倾诉……

魏璇

2022年10月

目录

上卷

003　李清照的身世
021　如梦令·常记溪亭日暮
027　如梦令·昨夜雨疏风骤
037　点绛唇·蹴罢秋千
045　浯溪中兴颂诗和张文潜
057　鹧鸪天·桂花
063　减字木兰花·卖花担上
069　一剪梅·红藕香残玉簟秋
077　醉花阴·薄雾浓云愁永昼
089　满庭芳·残梅
099　小重山·春到长门春草青
109　凤凰台上忆吹箫·香冷金猊
121　蝶恋花·暖雨晴风初破冻
127　蝶恋花·晚止昌乐馆寄姊妹

下卷

135　覆巢之后的悲哀
181　菩萨蛮·归鸿声断残云碧
189　渔家傲·雪里已知春信至
199　临江仙·庭院深深深几许
211　忆秦娥·咏桐
223　渔家傲·记梦
235　好事近·风定落花深
245　摊破浣溪沙·病起萧萧两鬓华
257　武陵春·春晚
269　永遇乐·落日熔金
277　孤雁儿·藤床纸帐朝眠起（并序）
287　添字采桑子·芭蕉

附卷

301　余音与回响

329　后记

上卷

李清照的身世

浩渺的夜空群星璀璨，每到傍晚或者凌晨我们抬眼凝望太阳方向的地平线，往往会看到一颗明亮的星星。这颗星古人称之为辰星，是太阳神最宠爱的孩子。今天我们称之为水星，1987年，国际天文学组织给水星的十五座环形山命名，其中一座山便以我国古代一位杰出的女词人的名字命名，她便是李清照。所以每当笔者仰望这颗辰星，一种来自天国的向往便油然而来，倘若生于她的时代，笔者愿尽一生努力赢得一次与她的相遇。

笔者不知道在李清照的身上有多少光环，她被称为藕神、词国王后、婉约宗主等，后世称誉她为古代"四大才女"之首。客观地讲，另外三个才女（蔡琰、卓文君、上官婉儿）跟李清照相比，其实都不是一个级别的，她们的才名仅仅是靠只言片语的存世而留名，而李清照的作品则是上规模、成系统、具备独特风格的。她的成就甚至远超过千百年来绝大多数文坛名人。

李清照的诗词文章，格高意远，文辞绝妙，鬼斧神工，成为中华文化史上的一座丰碑，而她自己也被尊为"婉约宗主"。在那个崇尚"女子无才便是德"的男权时代，女性能够力压群雄，巾帼不让须眉，实在是难能可贵的。南京大学出版社曾经出版过一套《中国思想家评传》丛书，从春秋老子、孔子到民国孙中山的近三千年间，精选两百名具有影响力的思想家，李清照名列其中，而且是其中唯一的女性。这套丛书的编写由匡亚明先生亲自主持，全国上百名学术专家、学者严格筛选后确定收入的思想家，他们将李清照从诗词大家上升到了思想大家的高度，这充分说明李清照"千古第一才女"的美名实至名归。

依古代传说习惯，一般天才出生往往会天降异象。李清照出生时有没有什么异象我们不得而知,但她出生后,她的家庭却遭受了一场重大的灾难,这是否也算是异象呢?

北宋神宗元丰七年(1084),李清照出生于山东历城西南之章丘明水镇一个书香世家。其祖父李达贤与父亲李格非在齐鲁一带颇负盛名,俱出于宰相韩琦门下,名重一时。李格非,"苏门后四学士"之一,神宗熙宁九年(1076)中进士。李格非不但才气为时人所追捧,据《宋史》记载:李格非俊警异甚。意思是说他不仅帅气,而且机敏远超过常人。据说自熙宁到元祐近二十年间的新晋年轻进士中,李格非之英伟俊秀,无人能及。在那个群星璀璨的时代,一个人的才华被时人认同已属不易,而以相貌再次碾压年轻才俊二十年,这种美貌与智慧并存,才情与气质兼备的境界,实在让常人难以企及。

这位丰神俊朗的青年才俊很快就引起了当时宰相王珪的注意。王珪的长女王怡正好与李格非年龄相仿,于是王珪便差人从中撮合,将长女许配给了李格非。王珪年轻时也是一位帅哥,乡试中以第一名的成绩脱颖而出,因而红极一时。回乡后偶遇同乡——杜氏乡绅家的大小姐，惊为天人，一见倾心，于是托人牵线，有情人终成眷属。此后王珪参加国考，夺得榜眼，也就是全国第二名的好成绩。不仅如此，他还官运亨通，虽身处党争风口，却历经三朝，屹立相位十八年不倒，至宋哲宗时进金紫光禄大夫，封岐国公。可见他的智慧也非一般人可比。

既然李清照的外公、外婆的自然条件这么好，有着这么好的基因，我们可以想象李清照的母亲也一定是个清水出芙蓉般的美人。可惜这位美丽的母亲在生产李清照时因难产留下了后遗症，在李清照不到1岁时便撒手人寰，实在让人痛惜不已。同年外祖父王珪也去世，整个家族失去一座坚强的靠山，怎能不让人唏嘘？刚刚出世一年之中，连续失去两位亲人，这给李清照的成长带来致命的打击，有人说是李清照命太硬的缘故。命运面前每一个人都是卑微的、脆弱的。如果天才必须经过这样苦难的历练，那上天的心肠也着实冷如铁石。

李清照从小不仅有着清秀明丽、娉婷可人的姿容，

人动佳色，物含清照（李欣彤 绘制）

而且负气含灵、聪明绝顶、过目不忘。她不仅继承了两代长辈的优秀的生理基因，同时还继承了长辈们绝顶聪明的头脑。

李格非经常在书房里放声诵读古人精彩的文章，女儿便常依偎在身边聆听。一日，他正在诵读唐代杨发的《太阳合朔不亏赋》，读到"史册退书之际，益讶文明。乃扬彩宫闱，增华廊庙"时，在一旁玩耍的仅五六岁的女儿突然接上他的内容续诵道："人动佳色，物含清照。若合璧之无瑕，比重轮而有耀。"此语一出，李格非震惊不已。尽管他知道女儿聪明，但绝没想到女儿竟然能聪明到这等地步。这篇文章李格非并没有在女儿面前诵读过太多次，令他没想到的是她竟然能记住——此时她连字也不认识多少，却能流利地背诵如此深奥的文章，这不是天才是什么？于是李格非欣喜之下，便即兴从她背诵的词句中摘"清照"二字为女儿命名，意思是说女儿不仅人长得漂亮，而且精神气质清澈明亮、光彩照人。

李格非身为朝廷官员，且新丧佳偶，单身一人无力照看女儿，于是便将幼小的李清照寄养在伯父伯母身边，自己只是偶尔回来探望或者由伯父带往东都作短暂逗留。不幸中的万幸，李清照从小便聪明乖巧，讨人怜爱，伯父伯母待之如己出，十分疼爱她，让她和自家子女亲密相处，这对李清照性格的形成和心智的成长有着莫大的帮助。

在李清照8岁时，父亲续娶宰相王拱辰孙女王氏，于是便接李清照回京师。王氏贤良聪慧，《宋史》称王氏亦善诗文。正史里惜字如金，一般不轻易评价一个人，尤其是传主以外的人物，如果没有杰出的能力，更不会浪费笔墨。而王氏以一内室女性，却能被正史所肯定，足见其在当时的影响力非同一般。

王氏对李清照视如己出，爱若掌珠，她良好的学养对李清照的影响自然不可否认。关于李清照的故事，我们后面会在解读每一首作品时进行详细的叙述，现在我们把李清照的主要社会关系脉络以及他们的社会地位给大家梳理一下。

我们前面已经介绍过，李清照的爷爷和父亲都是韩琦的学生，韩琦是北宋政治家，是与范仲淹齐名的著名宰相。李清照的父亲李格非，是"苏门后四学士"之一，是宋朝著名的美男子，曾任礼部员外郎。李清照出生后不满1岁，生母去世，后来又有一个对她非常好的继母，所以她有两个宰相外公，第一个是王珪，第二个叫王拱辰。王珪是北宋著名的政治家、文学家，历经仁宗、英宗、哲宗三朝而且都官至宰相。

王珪有五个儿子，四个女儿，李清照的母亲是他的大女儿。她的大舅有一个女儿嫁给了蔡京，四舅有一个女儿嫁给了秦桧。现在跟秦桧一起跪在岳飞墓前的那个王氏，便是李清照的表妹。蔡京有一个弟弟叫蔡卞，蔡卞的岳父便是王安石。这几人都曾官至宰相。

李清照继母的祖父叫王拱辰，这个人则更厉害。他当初跟欧阳修争过状元，开始是定欧阳修的，后来皇帝改定为王拱辰。王拱辰有一个连襟便是欧阳修。欧阳修有一个学生叫苏轼，苏轼有学生张耒和晁补之，都是李清照的老师。所以李清照便是苏轼的徒孙辈。

李清照还有一个超级粉丝叫赵佶,曾对李清照很迷恋,这个粉丝便是后来的宋徽宗。李清照和赵明诚结婚后,她的公爹赵挺之也曾做过宰相。在蔡京打击元祐党人时,赵挺之也是一个重要的关键人物,李清照在父亲被打击后,曾求助于自己的公爹,被赵挺之拒绝,为此李清照曾写下"炙手可热心可寒"的诗句表达抱怨之情。

赵挺之有三个儿子,与前辈们比起来,算不上大官员。赵明诚是老三,最高职务便是江宁府知府。赵挺之有两个女婿,第一个叫李擢,曾做过礼部尚书,后来被贬到金华。李清照南渡时,就曾在金华李擢这里避难。赵挺之还有一个女婿叫傅察,曾任兵部、吏部员外郎,不仅长得帅,而且还很有才气。蔡京当时看上他,想把自己的女儿许配给他,而傅察却娶了赵挺之的女儿。可惜这个人死得太早,否则前途无量。赵挺之后来跟蔡京之间发生冲突,被蔡京打压,直至郁郁而终。

赵明诚有一个姨父叫陈师道,此人的文章名气相当了得,是文化名流,江西诗派"三宗"之一。苏轼曾多次想收他为弟子,都被他给拒绝了。元朝著名文学家方回在其《瀛奎律髓》说:"老杜诗为唐诗之冠,黄、陈诗为宋诗之冠。"这里的"黄"是指黄庭坚,"陈"即指陈师道。

赵明诚有一个很厉害的姑家表弟,叫张择端,张择端是宋朝著名的画家,《清明上河图》便是他的杰作。赵明诚姨娘家还有一个姨兄,叫谢克家,做过副宰相。赵明诚去世后,李清照护送大量文物南渡时,受到很多达官贵人的欺凌,强买强卖,后来由谢克家出面制止。

李清照再嫁张汝舟,婚后,张汝舟见得不到李清照的文物,便暴打李清照,后来李清照没办法,把张汝舟给告了,张汝舟被判流放广西,而李清照被判两年有期徒刑。这时候有一个人出来了,这个人叫綦崇礼,时任吏部侍郎。綦崇礼非常欣赏李清照的才华,他们私交也很好,另外綦崇礼的女儿嫁给了谢克家的孙子。綦崇礼跟宋高宗赵构说,那个李清照是个寡妇,这个人不容易,一路南逃,文物丢尽了,被偷光、抢光,现在碰到这个张汝舟,见要不到文物,便对她施行家暴。这个张汝舟考试作弊,骗取功名,人品很坏,现在判李清照徒刑,实在太委屈人家了,于是李清照只被关押了九天便出来了。綦崇礼后来便是第一个揭发秦桧通敌卖国的朝廷大员。

李清照到了临安,曾收过一个学生,这个学生名字叫唐婉。这个名字大家还熟悉吗?是的,这个人便是陆游的第一任夫人。"世情薄,人情恶,雨送黄昏花易落。晓风干,泪痕残。欲笺心事,独语斜阑。难,难,难!人成各,今非昨,病魂常似秋千索。角声寒,夜阑珊。怕人寻问,咽泪装欢。瞒瞒瞒。"这便是唐婉答陆游的《钗头凤》,唐婉写完这首词以后,不久便香消玉殒。她的诗词成就与李清照的指导不无关系。

如此庞大而复杂的关系网,不能说成全了李清照的成就,但可以说对她各个时期的思想和学术都产生过重要的影响。

李清照16岁起就以两首《如梦令》声名大噪。其中一首是:"昨夜风疏雨骤,浓睡不消残酒。试问卷帘人,却道海棠依旧。知否,知否?应是绿肥红瘦。"此帖一出,立即"火遍全网",李清照因此成为当时第一"网红",朝野上下一片喝彩,甚至皇后都想一睹才女风采。"只恐双溪舴艋舟,载不动许多愁。""此情无计可消除,才下眉头,却上心头。"她的经典名篇俯拾皆是,让人读后唇齿留芳。

没人知道当年科举的状元郎是谁,而李清照的名字和她的一首首词却牢牢地镌刻在历史的记忆里,流芳千古。

时间是最公正的裁判。在中国古典文学的汪洋大海中,但凡能留下只言片语的人,都是了不起的;在男权时代的社会里,一个女子能从这种层层封锁的壁垒中冲杀出来,那就更不容易了;而以一弱女子的身份,跻身于强手如林的文人大咖的阵列中,非但毫不逊色,而且有巾帼不让须眉的气概,做到这种境界,千古以来唯李清照一人而已。她不仅诗词作得好,而且有非常敏锐和深刻的洞察力,这个能力甚至比写几首好诗好词更重要。

她曾写过一篇《词论》,手持一把皮鞭把北宋以来的最著名的词人抽了一个遍,我们来看看她是怎么抽的。

她说:"苏子瞻,学际天人,作为小歌词,皆句读不葺之诗尔。"

什么意思?她说,苏东坡这个人啊,学问是很大,但他哪会作词啊,他那些词都是句式长短不一的诗而已,不能唱,根本不是词,没有词曲应该具备的音律和谐之美感。

她还说:"王介甫、曾子固,文章似西汉,若作一小歌词,则人必绝倒,不可读也。"

她说王安石、曾巩两个人,写写文章还算可以,但他们作词,简直把人笑得抱着肚子在地上打滚,哪还能读啊。

"晏叔原苦无铺叙;贺方回苦少重典;秦少游即专注情致,而少故实,譬如贫家美女,虽极妍丽丰逸,而终乏富贵态;黄鲁直即尚故实而多疵病,譬如良玉有瑕,价自减半矣。"翻译一下就是晏几道这个人写词不会铺叙,不懂得赋、比、兴的渲染;贺铸这个人没什么真学问,不值得一谈;秦少游煽情还可以,但华而不实,穷酸味太浓,就像一个贫穷人家的美女,小家碧玉,虽然长得漂亮,但终究还是缺少点大家闺秀的气质;黄庭坚这个人还是有点内涵的，但是他的词小毛病太多，就像有瑕疵的良玉一样，其价值自然大打折扣。

柳屯田"虽协音律，而词语尘下"，即柳永这个人的词律还不错，但是他的词有青楼妓院的轻浮和浪荡气，不值得我来评价。

张先"虽时时有妙语，而破碎何足名家？"即张先这个人的词啊，也就一两句能入得耳，怎么能算作有成就呢？

李清照的父亲李格非是苏门学士之一，论起辈分来，苏东坡应该是李清照祖师爷级别的存在，然而她毒舌般的评论还是毫不留情、切中肯綮。笔者一直很好奇，假如苏东坡当年能够直面他这个徒孙辈的小丫头如此不礼貌地对他评头论足，而且说得如此头头是道，他会有什么感想。

当她写好《词论》拿给赵明诚看时，着实把赵明诚吓了一身冷汗，说你怎么能用这么过激的言论对前辈进行如此不礼貌的评论呢？能不能温和一点？李清照当然不同意，她说这是发自我内心的真话，是不会改变的。等这篇文章公开后，受到很多人的肯定，当然也有很多人的批评。

有一个叫胡仔的文人批评李清照说，你这小丫头啊，不知天高地厚："蚍蜉撼大树，可笑不自量。"这宗历史旧案，如果让今天的我们来做法官，应该如何裁判呢？在座的每一位都可以来做一次法官，来裁判一下这场公案。

其实对苏轼的词不仅李清照这么评论，"苏门六君子"之一的陈师道也曾有过议论，他在《后山诗话》中说："退之以文为诗，子瞻以诗为词……虽极天下之工，要非本色。"

可见李清照对她祖师爷的批评也并不是没有依据的。李清照是一个有着强烈精神洁癖的人，她容不得别人的瑕疵和杂质，这种性格对她的整个人生和命运都产生着很大的影响。我们后面会对这一点进行解读。

李清照一生爱好广泛，不仅精通诗词文章，还擅长金石字画及文物的鉴别和品论。同时，还有两个爱好，比如她一生爱喝酒。如果说李白是酒仙，那李清照则为酒中之仙姑。她一生以酒为饮料，无论多艰难的困境中，她几乎无酒而不欢。当然她所饮的酒跟现在的酒是不同的。"薄衣初试，绿蚁新尝，渐一番风，一番雨，一番凉。"可见，她当时饮的酒是一种绿蚁酒，口感类似于我们现在的米酒，醇香浓郁，所以她非常喜欢喝。

另外她还有一个不太被人接受的爱好，就是赌博。当时有一种赌戏叫"打马"，由于李清照记忆力超强，加上懂得推理，所以几乎逢赌必赢，是古代版的"赌圣"。平常人赌博是为了赢钱，李清照赌博是为了验证自己的数学理论。她对"打马赌戏"的研究，可谓古今第一人，她的《打马图经》不仅留下了珍贵的历史资料，同时还涉及概率学中的概率统计理论，这可比西方的概率论早了七八百年哦，可见她不仅仅是一名文学家，我们是否也可以视之为早期启蒙性的数学家呢？

当然，李清照的历史贡献还不仅仅是她在文学上的成就。她对中国文化史还有一个重要贡献，就是协助赵明诚纂修《金石录》并历尽艰辛将它保存下来。可以这样说，如果没有《金石录》这部作品，古代很多重要作品和文献都将湮灭在浩瀚的历史长河中，无从考证。仅这一笔文化遗产，就足以让我们对他们致以崇高的敬意。

李清照前半生闲适安然，绝代风华，集万千宠爱于一身；后半生颠沛流离，飘零无助，尝尽人间辛酸。她曾经天真烂漫，也曾悲惨凄切。她用生命体验了一场浩劫，也用生命将自己修炼成夜空中最亮的星。

这就是我们心目中的李清照——一个不完美的人，却是一个完美的神。

如梦令·常记溪亭日暮

常记溪亭日暮,沉醉不知归路。
兴尽晚回舟,误入藕花深处。
争渡,争渡,惊起一滩鸥鹭。

经常记起我们那次在溪亭边一直玩到太阳落山的时候,由于我们都喝多了,加之水网交错,竟然找不着回家的路。

游兴满足后,直到天黑才往回划船,却误打误撞地冲进了一个荷花荡的深处。

我们奋力地划呀,划呀,不小心惊动一滩正在休息的水鸟,它们呼啦啦飞腾起来了,那个场面真是叫人感到紧张、刺激,又有说不出来的开心。

这首词创作于元符三年（1100），这一年李清照16岁。这个时候她已随父定居于京都了。这一年新年后不久，李格非写好给兄长的家书后，随口问了一下女儿，要不要跟老家那些姐妹和闺蜜们说几句话。李清照跟叔伯家的兄弟姐妹情感非常深，当然愿意趁父亲回信的机会跟姐妹们说几句话。但是回信写什么呢？她忽然想起来去年中秋节跟姐妹们在老家游玩时候的一次冒险经历，于是灵机一动便写下了这首词，记录了她们当初愉快的生活情景。

这件事是这样的，李清照从8岁起便随父居住在东京汴梁，但这里深宅大院，除了成天孤独地闷在家里读书饮茶之外，生活了无乐趣，所以她不太喜欢，于是就经常回老家，住在伯父家中，与老家的兄弟姐妹们无拘无束地游玩，这是何等开心！

就这样在京都与明水镇之间不断往来，直到15岁那年，李清照已经是一个袅袅婷婷的大姑娘了。在古代，女孩到15岁就应该举办一个及笄礼，也就是女孩的成人礼。一般及笄礼都在每年的三月初三（又称上巳节或女儿节）

举办。这对一个女孩来说是很隆重的仪式,需要父母的主持和祝福。而此时李清照正在老家,父亲在京都不能赶回来为女儿举办及笄礼。李格非便与长兄联系,将于中秋节回来接女儿回京都,同时将哥哥家的长子李迥接到京都太学读书。于是兄弟俩便商量把女儿的及笄礼改到中秋节来举行。

元符二年(1099)中秋节,李格非夫妇带着年幼的李迒如约来到了明水镇,为女儿主持及笄礼。这一天,举家团聚,热闹非凡,因为这是李清照成年前的最后一天了,长辈们破例让这帮孩子们放纵一下,可以喝点酒,可以尽情地到大自然中去放松一下。

明水镇这个地方,山清水秀,水网交织,因泉水清澈净明而得名。泉多水澄,可与济南的大明湖相媲美,素有小泉城之誉。为了脱离长辈们的约束,李清照与自己的姐妹们一帮人带着零食,还有水果、酒水等,一起划船到明水湖中小岛去采野菊、摘野果、赏秋景。岛上有一个小亭,即李清照在词里提到的溪亭。

在这无拘无束的旷野里,一帮平时被管束惯了的女孩子们在这里肆意饮酒,欢歌狂舞,纵情娱乐,不知不觉已经到了日落西山。大家都玩得尽兴了,于是决定回家。

然而所有人都忽略了一个细节,这可是水乡泽国,到处水网密布,河道纵横,而且到处都是高高的芦苇、蒿草以及各种水草,天色越来越暗,加上她们又喝多了,走着走着竟然迷路了。

天色已晚,几个十几岁的小丫头,在这个迷局一般的水网里,看不清前进的方向,天色越暗,她们越焦急,那种紧张、慌乱的心情可想而知。于是她们"争渡,争渡",一起奋力地向前划船。康震老师解读"争渡"的意思是多艘小船像赛龙舟一样向前划,其实康教授的解读是错的,当时只有她们一艘小船,就自家姐妹几个,哪有那么多小船啊?如果有很多艘小船,她们便不会迷路,更不会那么紧张和慌乱,而缺少那种冒险经历的往事,怎么会被李清照如此深刻地记录在自己的记忆里呢?

她们划啊划啊,误打误撞,冲进了一个荷花荡中。那高过头顶、密密匝匝的荷叶更加让她们失去方向感。夜色下，各种担心的想法压迫着这几个小姑娘紧绷的神经。我们可以想象，此时她们越是慌乱就越是不知所措的那种窘迫感，可以想见她们那种更加不顾一切地夺路而逃的状态。当小船冲到了这片荷花荡中间时，惊动了一滩正在栖息的水鸟，它们突然呼啦啦地从小船的旁边飞腾起来。哎呀，几个小姑娘本来就已经慌不择路了，先是被这群水鸟一吓，然后发现并不是什么可怕的东西的时候，又如释重负般地大笑起来，那种紧张和刺激可想而知。这个情景是全词的最高潮，也是她们从紧张害怕到开怀大笑的最精彩之处，词人写到这里戛然而止，给人一种意犹未尽的美感。

只有共同经历了这份意外，事后回想起来才有一种绝处逢生的愉悦感。李清照通过寥寥数笔，便把这段紧张而快乐的经历记录下来，我们今日读来依然能够鲜明地感受到那种充溢着无限欢愉的情趣。

这是一首绝妙的记事叙情的小品，是词人记述与姐妹们在一起欢乐愉快的情景。很多人认为这首词是词人在讴歌大自然的景色，其实他们理解错了，我们仔细品读，词

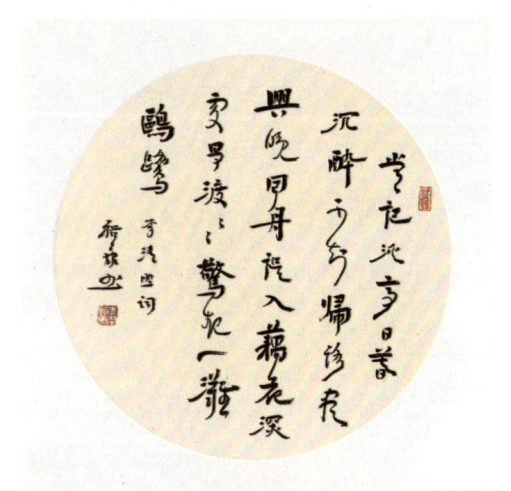

人用于写景的文字并不多,没有把全词的重心放在写景上,而是重在记事。

这是词人在回忆亲密姐妹的情谊,也只有将之置入姐妹情谊之中,这首词中的那种烂漫少女纯真无邪的表现力才能鲜明地展现出来。

《如梦令·常记溪亭日暮》(李裕康 书)

另外还需要赘述一点,宋代陈景沂《全芳备祖》一书中认为,这首词首句的"常记"应该为"尝记"。《百家唐宋词新话》中也认为应该用"尝记"二字。笔者认为用"常记"似乎更好,一段记忆经常让词人记起好,还是曾经或偶然被她记起来好呢?笔者认为经常被记起来似乎更能表达她给姐妹们回信时的心情。您认为哪个好呢?

如梦令·昨夜雨疏风骤

昨夜雨疏风骤,浓睡不消残酒。
试问卷帘人,却道海棠依旧。
知否,知否?应是绿肥红瘦。

昨天的小雨淅淅沥沥地下了一夜,猛烈的狂风也刮了整整一个通宵。

昨晚喝了点酒,我昏昏沉沉地整整酣睡了一宿,早晨醒来感觉酒意似乎还没有完全消除。

那个勤快的侍女又过来卷起窗帘,收拾房间了,我问她:院里的海棠花现在怎么样了?

她却随口敷衍道:海棠花没什么变化呀,依然和昨天一样。

你这个糊涂的小丫头啊，你根本没有去关心那些花儿，你可知道，经过这一夜的风吹雨淋，这个时候海棠花繁茂的绿叶肯定已经长出来很多了，而红色的花儿估计已经凋零得差不多了吧。

这首词和前一首《如梦令·常记溪亭日暮》都创作于元符三年（1100）春天，这一年李清照16岁。这首词在当时被当作一首流行歌，传唱于大街小巷，一直流行到皇宫里，就连当时的端王赵佶（即宋徽宗）都产生收李清照为知己的欲望，甚至皇太后都说想见见这个清新脱俗的小丫头。而造成这两首词的流行完全是一个非常偶然的故事。

我们在前一首词里说过，1099年，李格非于中秋节回老家明水镇接李清照回京，同时又把她的堂兄李迥接到京都太学读书。李迥平时在太学读书，每逢假日便到叔叔家小住。一日，李迥到叔叔书房，偶然看到堂妹李清照写好的两首《如梦令》小词的纸稿。哎呀，李迥看了惊叹不已，他知道堂妹聪慧，但没想到聪慧到这等地步啊。于是偷偷地抄录下来，第二天带到学堂，向同学们展示，让大家猜这是谁的作品。所有同学读了以后都感到写得太好了，有的说是苏轼的，有的说是晏殊的，等等。直到李迥公布出这是自己的妹妹李清照的作品时，所有人都惊掉了下巴，他们哪敢相信这么清新的小词会出自一个小丫头的手笔？于是这两首小词一夜间传遍大街小巷，人们争相传唱。

在古代，文人墨客们都喜欢追求一种精雅的生活情调，他们对文学艺术等方面有杰出成就的文人十分追捧。到了北宋时期，尤其流行一种青楼文化，城市的大街小巷总是汇聚着各种燕馆歌楼，这是官方允许的。这些机构花重金培养很多歌妓，她们不但长相甜美，而且每一个人都必须具备能歌善舞的才能，精通琴棋书画、诗词歌赋等技艺，有很高的文化修养。

这里我们必须强调一点，青楼文化和纯粹的妓院是有区别的，青楼文化尽管也有色情服务，但他们的重点在于与来宾进行文化交流，而非纯粹钱色交易的妓院。这些歌妓们会从近期流行的诗词中，挑选喜欢的在舞台上演唱，所有人以自己的诗词被广为传唱而倍感荣耀。那些文人雅士只有在这样的情况下得到歌妓们的芳心，才能够与这些美人进一步交流，从而获得更大的成就感和满足感。正是这样的文化氛围，催生了宋词文化的繁荣。李清照的这两首小词一开始便是在这种场合下被不断传唱并风靡全国的。

她的诗词成就得益于家族的艺术团队的引领。首先，其父李格非是一个著名的文学家、诗人，她从小便接受了父亲耳濡目染的文学熏陶，所以李格非是李清照第一任老师。由于李格非是当时的文化名流，又是苏门子弟，所以文坛中酒朋诗友非常多。其中苏门学士晁补之与李格非既是师兄弟关系，又都是太学教授，是同事，他们之间的往来非常密切。渐渐地，李清照便和他熟悉起来，于是经常向他请教诗词创作方面的相关知识。

晁补之的文学素养对李清照的影响很大。他对李清照的诗词创作进行了全面的指导。晁补之作词强调音律谐婉、语言圆润，他对词的要求是非常苛刻的，不但要求平仄合律，而且宫商角徵羽的切换必须符合每一个词的规范。这样的词不仅读起来朗朗上口，而且唱起来也婉转动人。在如此苛刻的条件下，几乎很少有文人的作品能够达到这样的要求。李清照在后来的《词论》中就对很多文人的作品进行了批评，包括她的师祖苏轼以及欧阳修、王安石等等，因为他们的词达不到晁补之要求的高度。我们今天要讲的这首词就有她老师晁补之的影子，是他们师生传承的典范。

这首词的第一个特点是非常切合《如梦令》的词牌规范，这是晁补之最注重的特点。然而，以我们现在的水平没有办法从音律这个层次上去理解这首词的具体规范表现。一方面，我们根本不知道这首词的具体曲调；另一方面，我们不懂古代音乐方面的专业知识，所以没办法从这个角度来解读。但古人说李清照的词"无一字不工稳"，单从这个角度来看，我们完全没必要去讨论这个问题了。

我们单从艺术表达的角度来分析。晁补之要求诗词创作"新、奇、突、险、谐才算是佳品"，强调语言的高度反差和冲击力，以及内容的表达力，达到了这些要求这首词便可谓晁补之心目中的佳品了。

我们先来看第一句,"昨夜雨疏风骤"。"疏"和"骤"是说,雨很稀疏,风很猛烈,一松一紧,是不是具有很强的冲击力?第二句,"浓睡不消残酒"。"浓"指睡得很深沉,"浅"意谓酒意已经很淡,一浓一淡,一深一浅,自然流畅,层次感非常清晰。最后一句,"应是绿肥红瘦",绿色的叶子长出来了,红色的花瓣凋落了,一"肥"一"瘦",把景致的变化惟妙惟肖地刻画出来。化物为人,清新脱俗,妙不可言,受到广泛的追捧。民国著名教授马仲殊在《中国文学体系》一书中评价道:"我以为连篇累牍寓暮春的景色的,抵不上'绿肥红瘦'四字。"而这首词中最得意的句子便是得到晁补之点化的。晁补之《洞仙歌》一词中有"醉犹倚柔柯,怯黄昏,这一点愁,须共花同瘦",由此我们能清晰地看到晁李之间衣钵相传的影子。

另外,晁补之《归田乐》有"为何事、年年春恨,问花应会得",而李清照《点绛唇》则有"惜春春去。几点催花雨"。

仔细品味一下,是不是有着一脉相承的关系?不过让人佩服的是,李清照学着学着,就把老师超越了。李清照与晁补之之间的情感非常深厚。她在那篇非常著名的《词论》中,批评过很多人,苏东坡、欧阳修、王安石、秦少游、柳永、黄庭坚、晏殊、晏几道等,几乎所有名家无一幸免地被她一通批判,唯独对自己的这位恩师,只字没提,一方面是她确实认可老师的水平,同时也非常尊重老师的人品。

元祐末年,晁补之卷入党争,被排挤出京城。绍圣元年(1094),晁补之到济州做了知州。当时有一群强盗大白天抢劫街巷,正好被晁补之撞见。晁补之天生过目不忘,他将这些强盗的衣貌特征——记下。

这天晚上,他宴请宾客,将负责缉拿强盗的官员叫来,说要他们抓捕白天作恶的强盗。官员们一听就找不着北了,说:"大人,我们还没有调查清楚强盗的行踪,就连强盗的相貌都不知道,所以抓捕工作无从下手啊。"

晁补之说:"无妨。他们的姓名、相貌我都记得,这些人往往是有案底的，一查就知道。"于是他将强盗的特征描述给办案人员，又布置抓捕工作。结果这顿饭还没吃完，强盗就被全部缉拿归案了。

后来，晁补之也因修《神宗实录》之事被贬官。此后他的官职有升有降，在党争的漩涡中无法脱身。但他始终没有忘记为官的初衷，他在河中府做了很多有益百姓的事。后来，百姓还画了他的像来供奉。

大观二年（1108）遭罢免后，晁补之回家修了一座园子，取名"归来园"，自号"归来子"，以陶渊明为榜样隐居。大观末年，他终于摆脱了党争，被重新起用，做了短暂的知州，但不久便去世了。

几乎与此同时，李清照也屏居青州，把自己的书斋名取为"归来堂"，这是否与老师在某些层面上心有灵犀呢？

这里笔者想解释一下"试问卷帘人"这一句。这个"卷帘人"到底是谁？北大教授吴小如认为这个人应该是她的丈夫赵明诚。我们认为吴教授的理解值得商榷，原因有两个：第一，李清照写这首小词的时候只有16岁，这个时

《如梦令·昨夜雨疏风骤》（李裕康 书）

候她还不认识赵明诚；第二，我们认为李清照用这样的口气来责备自己的侍女似乎更贴切一些。

  赵明诚正是读了李清照的这两首小词，才对李清照产生了好感，于是才有了他们后面的故事。下一篇《点绛唇·蹴罢秋千》我们再跟大家分享这一对神仙眷侣的爱情故事。

点绛唇·蹴罢秋千

蹴罢秋千,起来慵整纤纤手。
露浓花瘦,薄汗轻衣透。
见客入来,袜刬金钗溜。
和羞走,倚门回首,却把青梅嗅。

荡完秋千,慵懒地起来整理一下纤纤素手。

沉甸甸的露珠还凝聚在渐渐凋残的花瓣上,涔涔香汗已渗透了薄薄的罗衣。

忽然看到有个陌生的年轻客人走进了院子,我慌乱得顾不上穿鞋,只穿着袜子急忙逃离,连头上的金钗滑落下来也顾不上了。

心里又是害羞,又是好奇,一边跑,一边思忖这位年轻的客人是谁啊?

跑到门口时，突然停下了脚步，斜靠在门边，借口嗅嗅门前的青梅，偷偷回头再看一眼这位帅气的来客。

李清照两首《如梦令》的流行，使她立即成为当时的顶流"网红"。如此心思玲珑的女孩，会是什么样的呢？这在当时可引起了很多人的好奇心，其中最出名的有两个人。据说，端王赵佶也曾向身边的人打听李清照的情况，大家自然知道他的心思，于是基本上都是敷衍过去，没有太多的下文。第二个好奇者便是当朝吏部侍郎赵挺之的三公子赵明诚。

其实李清照与赵明诚之间曾经有过一次擦肩而过的初会。就是在这一年的元宵节，李迥领着李清照一起逛大相国寺庙会，看花灯，猜灯谜，这时正好遇上自己的同学赵明诚，彼此寒暄几句，那个时候赵明诚已经对李清照产生了一定的好感了。

如今，李清照的小词被传唱，赵明诚便按捺不住内心的冲动，在一个晚春的早晨，以拜访学友李迥的名义，叩开了李府的大门。李迥在前厅接待了赵明诚，因李迥曾对赵明诚提及过叔叔书房里挂有苏轼和黄庭坚的书法条幅，赵明诚执意想去书房欣赏这些作品，于是李迥便带着赵明诚向后院书房走去。

李清照家前院和后院之间有一道围墙，中间有一道圆形的门。当李迥领着赵明诚推开小门，走进后院时，命中注定的一幕不可避免地发生了。

赵明诚看到一个十六七岁的美少女正坐在一个秋千架上优哉游哉地荡着秋千。体态匀称，如出水的芙蓉般亭亭玉立；肌肤白皙，如羊脂凝固般光滑细腻；乌溜溜的大眼睛像一潭清澈的秋水，明净而又轻灵；凌虚云髻的青丝盘绕于脑后，如一堆黑曜石一般光洁可鉴；天风清朗，衣袂飘霞。此景此情，赵明诚如置身于武陵刘阮般梦幻之中，如此精致曼妙，除了神女之外，人间怎会有这般神韵的美人？

正在赵明诚陷入迷幻般的冥想之际，那个少女也发现了一个陌生的年轻人的突然闯入。她如一只受惊的猫一般,慌乱得不知所措,赶紧从秋千上跳下来,鞋子都来不及穿,只踩着袜子,急急忙忙地朝着闺房的方向逃窜,中途把头上的发簪都跑丢了,满头乌发如瀑布般倾泻下来,淹没了那张娟秀的脸庞。这份狼狈像败军撤退时陷入泥潭般无助和难堪。然而跑着跑着,她也忽然对这位英俊儒雅、挺拔飘逸的青年产生了浓厚的兴趣。这位清风明月般男子不是哥哥的同学吗?他来这里干吗?在这样的好奇心的驱动下,她反而不想再逃跑了。到了闺房门边时,她突然停下脚步,正好门边一只青翠的梅子垂挂在枝下,她赶紧伸手抓住这只青梅,凑到鼻子边上,以闻嗅青梅这个动作做掩护,偷偷地向后瞥了一眼那个英俊的男子。便是这惊鸿一瞥,终使这个男人彻底沦陷,再也无法自拔。赵明诚情感的沦陷使他面临着一个近乎绝望的危机。这种绝望来自两种因素,其一是自己一厢情愿地看上了李清照,但人家能看得上自己吗?其二是自己的父亲与李清照的父亲之间政见不合,并且两个党派之间长期处于对立,无法调和。这种关系能得到家长们的认可吗?

对于第一个问题，赵明诚有自己的办法。他有一个姨父叫陈师道，与李清照父亲李格非同属"苏门子弟"，私交甚厚。尽管这个姨父和自己的父亲性格上不怎么合得来，但陈师道跟赵明诚之间却有着一个共同的爱好，那就是喜欢收集前代金石刻词。陈师道对自己的这个姨侄赏识有加，所以很快就做通了李家的工作。

现在唯一的难度就是等待父亲的表态了。怎样才能把自己的这个心思传达给父亲呢？赵明诚灵机一动，想了一个办法。

一天，赵明诚午休后，正好在客厅遇上了父亲。赵明诚抓住机会，跟父亲说："我刚才睡觉时做了一个奇怪的梦，在梦里看了一本天书，其他内容我都记不住了，但只记得'言与司合，安上已脱，芝芙草拔'几句，我思考很久不知道是什么意思。"

赵挺之略作沉吟，便明白自己儿子的心思了，于是诡谲地对儿子说："这'言与司合'，乃'词'字，'安上已脱'，乃'女'字，'芝芙草拔'岂不是'之夫'之意吗？就是说你将是'词女之夫'吗？当今能够称得上'词女'之名的，除了李格非家的小女李清照之外还会有谁？哈哈哈，你喜欢上人家就直接说呗，何必假托天命，卖这么大一个关子呢？为父就成全了你们两个吧。"

至此，赵明诚一颗忐忑的心终于落进了肚子里。赵挺之对李清照的才名也是早有耳闻，内心也是非常欣赏这个女孩，既然儿子有这个愿望，赵挺之当然也是乐见其成的。于是赵挺之终于大度了一回，立即托人向李家求亲，而这个从中牵线的月老却并非赵明诚的姨父陈师道，而是李格非和赵挺之的共同好友、北宋著名书法家——米芾。

这里我们插入一个题外话，北宋时期有一个具有"慧眼挑贵婿"的人物，那就是郭概。他一共有四个女儿，长女嫁给了赵挺之，次女嫁给了陈师道，三女婿高昌庸，四女婿谢良弼。高昌庸和谢良弼的官职不高，为基层地方官。郭概的四个女婿，除赵挺之以外，都算不上大富大贵，而且有忠有奸，但是却都是青史留名、出人头地的人物。可见郭概"慧眼"的穿透力有多强啊。

我们最后再讨论另一个话题。曾经有学者说这首词并非李清照所作，原因是"倚门回首"一句。他认为古代只有娼妓才会去倚门招客，一个良家妇女怎么可能会有"倚门"这个动作呢？比如清代唐孙华《维扬舟中作》："空谷未闻倾国貌，褰帷都作倚门妆。"古人认为"以贫求富，农不如工，工不如商，刺绣文不如倚市门"，所以"倚门"被视为娼妓的行为。对于这个问题，我们持否认态度，这位学者的理解力实在太过僵化和呆板。从"倚门"这个动作来看，娼妓的行为是一个持续的职业行为，而这里的"倚门"只是一个瞬间的动作，与倚门卖笑没有任何关系。而且从来就没有任何文献确定过"倚门"这个词是娼妓的专属名词，其他人不能用。唐代张说《岳州别姚司马绍之制许归侍》诗："天从扇枕愿，人遂倚门情。"宋代曾巩《移明州乞至京迎侍赴任状》："窃计臣老母之心，闻臣而来，倚门之望，固已深切。"清代钱谦益《母刘氏仍前赠制》："古之贤母，望倚门而辞伏剑者，无不教其子以作忠也。"笔者想请问这位先生，这几个"倚门"哪个能以娼妓的意思来理解?

其实,李清照的这一句是化用了唐代韩偓《偶见》中的"见客入来和笑走,手搓梅子映中门",但是李清照写得比韩偓更生动,更有个性。"和笑走"显得轻佻,而"和羞走"则包含有款款的深情,能将少女的一种可意会不可言传的心思传达给对方。"手搓梅子"表现的是一种不安的情绪,而"却把青梅嗅"则写出了少女俏皮、活泼的纯真。尽管是化用了前人的句子,但有没有一种"青出于蓝而胜于蓝"的感觉呢?

浯溪中兴颂诗和张文潜

五十年功如电扫，华清花柳咸阳草。
五坊供奉斗鸡儿，酒肉堆中不知老。
胡兵忽自天上来，逆胡亦是奸雄才。
勤政楼前走胡马，珠翠踏尽香尘埃。
何为出战辄披靡，传置荔枝多马死。
尧功舜德本如天，安用区区纪文字。
著碑铭德真陋哉，乃令神鬼磨山崖。
子仪光弼不自猜，天心悔祸人心开。
夏商有鉴当深戒，简策汗青今具在。
君不见当时张说最多机，
虽生已被姚崇卖。

（唐玄宗）五十年的执政生涯，像雷鸣电扫般一瞬间就过去了，如今那个供贵妃洗浴的华清宫里长满了野花杨柳，咸阳城的城楼宫阙也是一片荒芜。

当年长安城最热闹的地方的人们都在干什么呢？几乎无一例外，都学着唐玄宗的爱好，天天在那里斗鸡取乐，不务正业。他们过着酒池肉林、纸醉金迷的生活，不知不觉地消磨着自己的光阴。

忽然有一天，一纵胡骑从天而降，大唐君臣从来都看不起那些胡人，岂知他们之中也是有一些有才能的人啊。

胡人的马蹄天天奔跑在当年李隆基办公的勤政楼前，把宫殿里的翠玉宝珠都践踏成了泥土灰尘。

为什么大唐的士兵一出战就被打得满地找牙，溃不成军呢？那是因为他们为了替杨贵妃从岭南传送新鲜的荔枝而把那些能征惯战的军马都累死了，大量的战备物资都消耗在那些无聊的没有任何意义的上层社会的淫乐生活之中了。没有人具备随时应付战争的忧患意识啊。

你们今天把大唐中兴的功绩篆刻到浯溪的石崖上，后人们就能够认可他们的功德了吗？你可知道尧舜的功德比天还大，你看过他们用片言只字来显摆过自己的业绩吗？

在石碑上记录自己的功劳，用铭文标榜自己德行的人，实在是浅薄愚蠢啊，还耗费了神斧神工的财力把一整片山崖磨平了，如此不计成本大费周折的工作，你这到底是在歌颂自己，还是在抹黑自己呢？

为什么郭子仪和李光弼两个人最终能够打赢这场战争

呢？那是因为他们两个没有像封常清和高仙芝那样受到猜忌。大唐是没有好的将领吗？有啊，只是缺少精明强干的皇帝啊。只有从皇上开始真心地检讨自己，信任自己的部下，才能够真正地获得人心啊。

我们是不是应该透过夏朝和商朝灭亡的这面镜子来反省自己的行为，约束自己的贪念呢？那些历史文献的记载如今都历历在目啊，我们今日的大宋君臣们有没有这份居安思危的自觉性呢？

你们有没有看到，当年的宰相张说是一个多么机敏狡黠的人啊，但是他虽然活着，还是被死了的姚崇给算计了。

很多人会对李清照有一种误解，说她的作品总是沉迷于个人情趣的表达上，没有什么家国情怀。如果真是这样的话，那李清照就不是李清照了，她和上官婉儿、卓文君等人的地位就没有什么区别了，更别谈能被《中国思想家评传丛书》收录并研究她的思想理论了。李清照一直秉持"词为小道，诗为正述"的理念。她在写词的时候大多数是表达个人的情感和际遇,但在写诗的时候却表现出力压群雄的家国情怀和浓厚的历史责任感。今天我们就来解读她17岁时写的一首诗,来了解一下少女时代的李清照有着何等的政治远见和思想深度。

《浯溪中兴颂诗和张文潜》共两首,我们解读其中的第一首,这是她读了老师张耒的《读大唐中兴颂碑》以后的应和之作。为了读者们能将两篇作品进行对比,我们把张耒的原文附于下:

读大唐中兴颂碑

玉环妖血无人扫,渔阳马厌长安草。

潼关战骨高于山,万里君王蜀中老。

金戈铁马从西来,郭公凛凛英雄才。

举旗为风偃为雨,洒扫九庙无尘埃。

元功高名谁与纪,风雅不继骚人死。

水部胸中星斗文,太师笔下龙蛇字。

天遣二子传将来,高山十丈磨苍崖。

谁持此碑入我室？使我一见昏眸开。

百年兴废增感慨，当时数子今安在？

君不见，荒凉浯水弃不收，时有游人打碑卖。

因这首诗里有很多典故，一般读者在理解上有一定的困难，我们简要地解释一下。

杨贵妃的血迹无人打扫，安禄山的战马吃饱了长安的草料。

潼关之战尸骨堆积如山，唐玄宗只好不远万里向蜀中逃跑。

一支强大的军队从西边赶来，威风凛凛的郭子仪真是一位英雄将才。

他举起号旗像刮起一阵狂风，他放下将旗像下起一阵暴雨，终于保住了唐朝江山，清除了叛乱的尘埃。

这样的丰功伟绩谁来记载？《诗经》和《楚辞》的传统谁来承继？

元结胸中焕发出星斗般的文采，颜真卿笔下写出蛟龙样的大字。

天意让二位的文笔流传久远，将它摹刻在浯溪边高高的山崖。

不知谁将此碑帖送到我家，使我昏花的老眼猛然睁开。

几百年的兴衰令人感慨，当年的英雄于今安在？

请你看，荒凉的浯溪水匆匆东流，一去不回。河边的这块石碑以及碑文里的故事也无人关注了，倒是常有些游人拓下碑石上的文字到处售卖，换点微薄的收入！

浯溪是一个地名，在湖南祁阳县。唐肃宗上元二年（761），唐代著名文人元结撰写了一篇《大唐中兴颂》颂文，由大书法家颜真卿手书，刻于浯溪石崖上，当时人称之为摩崖碑。碑文记述了安禄山作乱，肃宗平乱，大唐得以中兴的史实，以歌颂君主的英明和将士们的忠勇。

尽管元结的这篇文章非常精彩，但是后人对这篇碑文最感兴趣的还不是这篇文章有多好，而是颜真卿的书法受到无数人的崇拜和追捧，被人从悬崖上拓下来，不断传抄临摹，甚至用拓本来卖钱。

张耒对颜氏书法当然也是推崇备至。有一次有朋友送了一幅《大唐中兴颂》的拓本给他，本以为他会用来临帖写字，没想到他却被元结的这篇文章吸引了，读完以后大加赞赏，于是兴奋之余，奋笔作书，一气呵成，写成了这篇《读大唐中兴颂碑》的长诗。此诗一出，立即引起一片喝彩，黄庭坚、蔡襄、李廌等文化名流纷纷唱和，在赞叹张耒诗文高妙的同时，也对安史之乱中将领们的英勇事迹进行了讴歌。

有一天，李格非下朝后，带回了一份抄录过来的张耒的这首诗，回到书房，反复吟诵，击节叫好。这时，李清照走进书房，见父亲如此称赞这首诗，便产生了好奇心，凑过来看一看。

没想到刚看到第一句"玉环妖血无人扫"时，就非常不满。心里想，你们这些男人，自己不会治理国家，把国家弄得生灵涂炭，却让一个女人来背锅，这是什么胸怀？于是内心一激动，对父亲说："父亲，我也想应和一首张先生的作品，可以吗？"

李格非哈哈一笑，说道："你这小丫头，真不知道天高地厚，张文潜可不是一般人啊，他的才华远在你父亲之上。我只是苏门后四学士，他可是名列苏门四学士之列哦，你还是一个小丫头，你的见识哪能跟张老师相提并论，最好不要不自量力、班门弄斧啊。"

可李清照倔脾气上来了，偏要跟张耒理论一下这段历史的长短，到底这是杨玉环的责任，还是那些昏庸的君臣们的过失。于是提笔便写下了这篇名垂千古的《浯溪中兴颂诗和张文潜》，并且和了一首还不尽兴，一口气和了两首。此时的李清照才仅仅17岁啊。

在这两首诗里，李清照从大处落笔，深刻分析了唐代会发生安史之乱及唐王朝军队一败涂地的原因，即以唐明皇为首的统治阶层耽于享乐，任用奸佞。唐玄宗登基以后，在相当长的一个时期内，唐朝仍处于"盛世"之中。然而当他骄奢淫逸，竭民力以逞己欲时，其诸般功业也就像闪电过空一样，瞬间就失去了它原来的光彩。

把杨玉环妖魔化是不负责任的思维，大家应该思考一下，在胡人厉兵秣马之际，大唐朝的那帮君臣们在干什么？他们一个个醉生梦死，一个个在斗鸡走狗。朝纲混乱，军备废弛，没有人居安思危、整治国防，反而把大量的战备物资以及主要的社会资源投入到了天子臣僚们的享乐之中。等到胡兵从天而降的时候，他们一个个惊惶失措，既胸无韬略，又扯皮推诿，终至贻误战机。好不容易挑选出封常清和高仙芝两个有能力的将领，结果他们还在君主的猜忌之中被杀了，导致安史之祸进一步扩大，大唐王朝几乎面临灭顶之灾。所有这些，岂是一个柔弱的女人所能造成的？郭子仪和李光弼之所以能够打败胡军，那是因为君臣之间的相互信任，天子能够借鉴前人的错误，获得了民心，才能够赢得这场胜利啊。可是刚刚取得一点点成绩，又开始飘飘然地自鸣得意起来，花费大量的人工，磨平山崖，勒石铭功。唉，这些狂妄自大的人啊，你们把功劳写到石头上就能受到万代尊敬吗？尧舜的功德谁能盖过？可谁见过他们什么时候标榜过自己的功业呢？

　　李清照在这首诗中总结了这一历史教训，同时也给当时大宋王朝的统治者们提出了非常严厉的警告："夏商有鉴当深戒，简策汗青今具在。"此言如黄钟大吕，振聋发聩。一个17岁的少女，在批评自己老师观点的同时，竟然对当时的社会现状提出如此惊人的警告，用借古喻今的方式对当权者予以劝诫，表现了诗人对北宋末年朝政的担忧。尤其让人吃惊的是，此诗写成后仅27年便发生了"靖康之变"，大宋王朝遭遇了比"安史之乱"更惨的国难，国运从此日薄西山，再也没有回春的机会了。李清照一语成谶，准确地预言了大宋王朝的命运。

很多人不明白也说不清楚李清照为什么在全诗的最后引用张说和姚崇典故，她的目的和用意是什么。为了解释这个疑问，我们把这个典故叙述一下。

张说和姚崇虽同为宰辅，却不和睦。姚崇临终前，怕自己家人被张说所害，便对诸位儿子说："我死后，等张说来吊唁我时，你们把我平时收藏的古玩珍宝放在我的棺椁旁边。如果他看都不看，说明他意不在此，你们要赶紧思考脱身之计。如果他的目光不离这些珍宝，你们就把这些珍宝送给他，并请他为我撰写墓志铭。"

姚崇死后，张说果然前来吊唁，行过礼后，突然看到棺椁边放着好多奇珍异宝。哎呀，张说喜欢得不得了，不住地偷眼扫视这些宝贝。于是姚崇的儿子便把这些珍宝全送给他，并请他给父亲写一篇墓志铭。

张说拿到宝贝后爽快答应，一个晚上就写完，看在这么多宝贝的份上，他在文中对姚崇大加赞赏，写得文采飞扬，辞章华美，写完后反复诵读几遍，自我感觉良好，非常得意，第二天就派人送给了姚家。姚崇的儿子接到墓志铭后，立即呈报皇上阅示，皇上也很满意，于是姚家便连夜赶刻，做成了墓碑。又过了一天，张说突然感到后悔了，派人来索取他所写的文章，说有几处要修改。姚家的人告诉他，文章是改不成了，因为已经刻成墓碑了。张说说，刻成碑了可以重刻嘛，姚家说，那也不行，因为皇帝已经御批了，要想改得请皇上改了。张说无可奈何。

后来张说果然想打击姚家子女，到皇帝那里告姚崇的状。皇帝说，要不我们到姚崇的墓碑前去聊聊？张说被呛了一口冷水，再也不敢提报复姚崇的事了。至此张说才知道上了当，很懊恼地说："死姚崇犹能算计生张说，我的才智确实不如他啊。"

那么李清照引用这个典故的用意是什么呢？其实就是想利用这个典故调侃那些颂扬和赞美大唐中兴碑的人，包括自己的老师张文潜先生。你们以为石头上刻下的文字就是盖棺定论了吗？当初姚崇算计张说的时候，张说的那些溢美之词都是他由衷的赞美吗？唉，这丫头真是天生的一张刀子嘴啊。

此诗一出，京城汴梁满城哗然，谁也没想到一个乳臭未干的小丫头竟然敢"舌战群儒"。更令张耒汗颜的是，自己学生的逻辑是如此缜密，匠心独具，剖析细致，高屋建瓴，无懈可击。其艺术成就以及历史思考和思想批判远在自己之上。张耒不得不承认，果真是后生可畏，李家小女真奇女子也。

鹧鸪天·桂花

暗淡轻黄体性柔。情疏迹远只香留。
何须浅碧深红色,自是花中第一流。
梅定妒,菊应羞。画阑开处冠中秋。
骚人可煞无情思,何事当年不见收。

此花浅黄而清幽,形貌温顺又娇羞。

性情萧疏远离尘世,它的浓香却久久存留。

无须用浅绿或大红的色相去招摇炫耀,它本来就是花中的第一流。

梅花肯定妒忌它,而它又足以令迟开的菊花感到羞愧。

在装有华丽护栏的花园里,它在中秋的应时花木中无双无俦。

大诗人屈原啊，可真叫无情无义，在写到诸多花木的《离骚》里，为何桂花没有被收录进来呢？

这首词创作于建中靖国元年（1101）。这一年有三件事值得我们去说一说。

第一件事是宋徽宗起用李清照的表妹夫蔡京为相，这件事对李清照的未来产生很大的影响。第二件事是李清照的祖师爷苏轼先生在回京途中，客死于江苏常州，这是一个对李清照的过去产生很大影响的人。第三件事便是李清照和赵明诚喜结连理，有情人终成眷属，这是一段最值得李清照珍惜的甜蜜时光。这世界就是这么一个悲喜交加的剧本。

此时的李清照，新婚燕尔，生活处于幸福、平静而恬淡之中。赵家的花园比自家的大得多，花木的品种也很多。这一年中秋节，后园里桂花盛开，繁花累枝，浓香扑鼻。看着满园沁人心脾的桂花，李清照有一种说不出来的亲密感，这种花"暗""淡""轻""柔"，不爱与群花争艳，静静地绽放在这个冷落的清秋里。她不由得因花及人，感到这种花的品性多么像自己啊。

它不会因迹远情疏而减少自己的馨香，更不需要招摇自己的姿色，以吸引旁人的逗留。花和人一样，真名士自风流，第一流的人具有天然的高傲和自信，不会在乎那些虚幻的色彩，更不会哗众取宠，用虚名来美化自己。

她不会因为你感到羞愧而来刻意地安慰你、亲近你，也不会因担心你的忌妒而讨好你、谄媚你。这种安静与清高的性格，便是无与伦比的美。那些眼里只有形和色的人啊，你们忽略这样的美，是你们审美多大的遗憾啊。

我们站在李清照的内心世界来解读这首词的本意。这首词是李清照自我性格的描述和认定。我们从所有史料中，几乎找不到别人对李清照性格的描写，但从这首词里，我们可以推定李清照具有清高、冷静、率真、正直、果敢、刚毅和执着等性格特征。

从这些特征里，我们能发现她的性格受其父李格非的影响很大。

我们从她写的这首词中流露出的这份淡定和从容,可以看出这个时候党争的风波还没有给她带来什么冲击。

李格非是具有凛然正气的典型的正人君子。当初刚刚入仕的时候,他曾任冀州(今河北冀州市)司户参军、试学官,后为郓州(今山东东平)教授。教授是北宋时在州学设置的学官,负责该州考核学生、执行教规等事务,是个官微俸少的职务。郡守见他清贫,想让他兼任其他官职,他断然谢绝,这种不贪浮华的清正气节,有几人能够做到?李清照曾说自己"食不重肉,衣不重彩",这不正是其父李格非的影子吗?

元祐八年(1093),高太皇太后去世,新党再次得势,苏轼被贬官至惠州。当时,新党中坚章惇想试探李格非的立场,任命李格非为检讨官,编写《元祐时章奏》,收集苏轼等人的各种论言,以便罗织罪名打击元祐旧臣。李格非却拒不任职,亦不编写,从而被列入"元祐党籍",外放为广信军通判。从这件事件可以看出,李格非是一个是非分明,且非常有原则性的人,不会轻易改变自己的政治主张，亦不屈服于权威。

除此之外，李格非性格中还有疾恶如仇的一面，这是典型的山东人性格。《宋史》本传中还记载了他在江西上饶做官时的一件事情：说当时上饶有一个道士，经常妖言惑众，骗取钱财，每次出行都违反规制，坐到车上大张旗鼓，招摇过市。有一次他的车队正好与李格非的车队迎面相遇，李格非见是这个道士，气不打一处来，立即命令自己的卫兵们把这个道士从车里拖出来，痛打一顿，驱逐出境，当地百姓无不称快。

李清照的性格是在这样的家庭氛围与教育环境中形成的，这对其卓越的见识、过人的才华的形成与发展皆有助益。文献记载，李清照的生母在她出生后不久便去世了，李格非在女儿8岁时才续弦。所以在李清照的幼年时期，她父亲的行事作风以及为人处世方式，对她均有极深刻的影响。

李清照的继母是宰相王拱辰孙女，也是出身于文化素质一流的仕宦之家。文献记载，李清照有一个同父异母的弟弟,《金石录后序》云:"有弟迒任敕局删定官。"李迒的职务,大抵是皇帝身边从事文秘工作的官职。李清照与弟弟的关系比较亲密,她晚年流落江南孤苦无依时,有段时间寄居在这个弟弟家,并且受到弟弟的真诚照料。

纵观李格非一生所任职的官职,大多是文官且与教育相关。他多年的教育教学经验、精湛的学术造诣、丰富的文学创作实践、广泛的学术交流活动以及清正刚直、疾恶如仇的个性对子女大有裨益。清人陈景云在评价李清照的《金石录后序》时说:"其文淋漓曲折,笔墨不减乃翁。'中郎有女堪传业',文叔之谓耶。"这是赞扬李清照,更是对李格非文风、家风的肯定。所以我们要想了解李清照的性格,可以用李格非的处事风格做一面镜子,从而能够洞察很多细节。

减字木兰花·卖花担上

卖花担上,买得一枝春欲放。

泪染轻匀,犹带彤霞晓露痕。

怕郎猜道,奴面不如花面好。

云鬓斜簪,徒要教郎比并看。

在卖花人的担子上,买得一枝含苞待放的花。

那晨曦的露珠也在那花色之中留下痕迹,让花显得更加楚楚动人。

我怕丈夫看了花之后犯猜疑,认为我的容颜不如花漂亮。

我这就将花插在云鬓间,让我和花成为一个整体,郎君如果赞美花儿好看,就连同我一起赞美啦。

这首词作于北宋建中靖国年间,其时词人与夫君赵明诚新婚宴尔,心中充满对爱情的热情和甜蜜。如果岁月静好,谁愿意流离颠沛?如果生活能让我选择,我愿今生只在此刻。

宋朝都市常有卖花郎,挑一肩春色,串街走巷,把盎然生趣送进千家万户。似乎小丫鬟入报以后,女主人李清照随即做了吩咐,买下一枝最满意的鲜花。词人手执鲜花,满怀深情地欣赏着。这花儿将绽未绽,娇而不艳,如果它有情感,那应该是一种什么样的灵魂呢?花朵上披着彤霞般的色彩,带着晶莹的露珠欲放。这花儿这么美,如果被郎君看到,会不会说我没有它美啊?哎呀,如果郎君喜欢上花儿,不喜欢我可怎么办啊?我太爱他,太在乎他了,他的情感千万不要从我的身上转移到别处啊,就连这朵花儿也不行,我要他只专注于爱我一个人。但是这花儿已经在手里了,怎么办呢?不如把它插到我的发髻上,让花儿跟我成为一个整体,花儿就是我,我就是花儿,让郎君没有选择,爱花便是爱我,爱我便是爱花儿。这份俏皮,这种想象，把新婚的甜蜜揉捏在字里行间。

锦瑟年华谁与度？每个少女都曾有过这样的心事。直到遇到赵明诚，她便得到了一个准确的答案。赵明诚和李清照都是幸运的，一个嫁与如意郎君，一个娶得花容娇妻，过着琴瑟和鸣般的幸福生活。

李清照从不矫情，喜欢过有滋有味的生活，哪怕日子贫苦一点，也要保留自己品位的高雅。她与赵明诚之间最重要的感情纽带便是文学创作、金石碑刻、鉴赏品味文物字画等，如果少了这些，他们的生活将会失去很多色彩。

婚前，李清照吟诗填词，读书赏画，常陪父亲左右。李格非喜欢收集一些书画古董，李清照会同父亲一起把玩欣赏。于是李清照便培养了这份风雅的文人习性。

赵明诚在文学创作上远不如李格非以及李清照，但他在金石碑刻、古董字画等方面的研究和鉴赏力，却又远非李格非父女所能比。

他的独到眼光和品鉴力深受李清照的崇拜和信任。

研究字画碑刻是需要大量成本投入的。他们初婚时，赵明诚还是一个太学生，没有俸禄，从太学出来后也只不过是七八品的小官，收入更是有限。他们手头没有积蓄，无法满足收集爱好，若是寻常女子，肯定是先持家填饱肚子，过好一衣一食再说。而李清照却保持"食不重肉，衣不重彩"的艰苦生活，支持丈夫收集文物。

在做太学生时，赵明诚每月初一、十五回家休假，为了能弄点钱去买文物，他们经常去典当行典当衣物，换来一点钱后，直奔相国寺，购买一些金石碑刻、书籍字画。清贫素俭，箪食瓢饮，却不改其中的乐趣。回家后夫妻二人反复展玩、欣赏，自谓葛天氏之民。

葛天氏是传说中上古部落的酋长，在那个部落里生活的居民纯真朴实，悠闲自在。他们夫妻虽清寒淡泊，却生活得高雅脱俗，又有共享精神生活的伴侣，这真是人生最幸福的光阴。

有一次，一个人拿了一幅徐熙所画的《牡丹图》，要价二十万钱。可是，清贫的赵李两人根本就拿不出这么多钱，无奈之下，赵明诚和李清照把玩了两天两夜之后，只能恋恋不舍地将这幅《牡丹图》还给了卖主。为了这件事，两人还遗憾、惋惜好几天。

碑不能食，画不能吃，书不能蔽体，在别人眼中，饱食暖衣为基本需求，可在李清照看来，她必须有富足的精神生活，那是生命，是最珍贵的精神食粮。

自古"书生"二字前面往往要加上"穷酸"二字，不是书生天生穷酸，而是他们的追求决定了他们的生活。他们可以吃粗食、穿粗衣，却必须活得有气节、有风骨，必须满足精神上的那种尊严。在外人看来或许可笑，都吃不饱了，要那个精神世界干吗？但他们宁可不要一副皮囊，也要这份灵魂。

一剪梅·红藕香残玉簟秋

红藕香残玉簟秋,轻解罗裳,独上兰舟。
云中谁寄锦书来?雁字回时,月满西楼。
花自飘零水自流,一种相思,两处闲愁。
此情无计可消除,才下眉头,却上心头。

粉红色的荷花已经开始凋谢,只留下根根残香冷茎伫立在水中,光滑如玉的竹席带着秋天的凉意,凉透了我的肌肤。

轻轻提起罗裙的裙摆,黯然伤神,独自登上回乡的小船。

仰头凝望远远的天空,那白云舒卷的远方,会不会有人寄一封问候的书信,安慰我这失魂落魄的情绪?

也许等到雁群再次回来的时候,如水的月光已经洒满楼台,你可知道我正在这月光下痴痴地等待着你的来信?

曾经鲜艳的荷花现在慢慢老死,花瓣儿无助而又无可选择地慢慢跌落进水里,而流水像一个索命的无常,无情而又冰冷地从我面前带走这一片片美好的回忆。

今夜我在这里思念着你,你可曾也在这月下想我?明明我们有着一份共同的相思,为什么非要天各一方,两地惆怅呢?

我的这份相思的愁苦实在无法排遣,刚刚从紧蹙的眉间消失,却又悄悄地缠绕到了我的心头。

这首词是李清照词风走向婉约的转折点,也是她首次接触离情别恨的一首作品,是李清照被尊为"婉约词宗"之誉的奠基石。

李清照创作这首词时不到 20 岁,当把她写这首词时前前后后的背景了解清楚以后,再回头读这首词,笔者热泪盈眶。说真的,时代落下的一粒灰尘足可以埋葬一个人的一切。命运面前个人的力量实在是太微不足道了。一个19岁的女孩,倘若在今天,可能还躺在妈妈的怀里撒娇吧?而李清照却太早地扛起命运赋予她的痛苦和磨难。若是您有女儿遭受如此磨难,您又该如何地心疼呢?

李清照和赵明诚婚后第二年,命运的阴影便笼罩了他们甜蜜温馨的小家庭的天空。

崇宁元年(1102),北宋政局发生了天翻地覆的变化。首先是元祐党人的保护神向太后山陵崩,政权当然便移交到了宋徽宗手中。

这一北宋历史上最荒淫的皇帝,立即册封了蔡京为翰林学士,后又封右相。从此,他带领着北宋王朝迅速踏上了亡国之旅。

蔡京为相后,重新启动熙宁新政。崇宁元年(1102)九月,宋徽宗令中书省进呈元祐年间反对新法及在元符中有过激言行的大臣姓名。蔡京以文臣执政官文彦博、吕公著、司马光、范纯仁、苏辙等22人,待制以上官苏轼、范祖禹、晁补之、黄庭坚、程颐等48人,余官秦观、李格非等38人，内臣张士良等8人，武臣王献可等4人，共计120人呈报徽宗，李格非名列其中第63名。

徽宗分别定其罪状，称作奸党，并亲自书写姓名，刻于石上，竖于端礼门外，称之"元祐党人碑"，从此开启了一场轰轰烈烈的打击元祐党人的运动。

就在李格非等人纷纷罢官之时，赵挺之却优哉游哉地自试吏部尚书迁任到中大夫。看着这帮昔日同僚纷纷落马，他不但冷眼旁观，而且还不遗余力地充当蔡京的马前卒。

得知父亲遭受打击的消息，李清照大惊失色，急忙上书公爹赵挺之，恳求营救父亲。宋代张琰《洛阳名园记·序》中追叙道："文叔在元祐官太学，建中靖国用邪党，窜党人。女适赵相挺之子，亦能诗，上赵相救其父云：'何况人间父子情！'识者哀之。"

如此让"识者哀之"的一封求救信，却没能打动赵挺之。李清照伤心欲绝，不明白为何此人会狠心到这等地步。

崇宁二年（1103）四月，宋徽宗再次下诏，销毁司马光、吕公著等绘像，销毁苏轼兄弟、秦观、黄庭坚等人的文集。

蔡京再次增加元祐党人至309人，李格非位于其中第121名。蔡京手书姓名，发各州县，仿京师立碑"扬恶"。同时不许党人子孙留在京师，不许他们参加科考，而且碑上列名的人一律"永不录用"。

此时的李清照心急如焚，又再次上书公爹赵挺之，请求施以援手，然而，此时处于这乱局中如鱼得水正节节高升的赵挺之，对儿媳的央求再一次置之不理。宋代晁公武《郡斋读书志》卷四下便有对此事的记述："李氏，格非之女，先嫁赵明诚，有才藻名。其舅正夫（赵挺之）相徽宗朝，李尝诗曰：'炙手可热心可寒！'"

从"何况人间父子情"的殷切哀求，到后面"炙手可热心可寒"的意冷心灰，可见李清照对赵挺之的失望是有多深。《续资治通鉴》《建炎以来系年要录》等史书记载，在讨论制定和落实元祐党人名单的众多官员中，就有御史中丞赵挺之。更让人心生疑窦的是，赵挺之竟然首先向皇帝提出"宗室不得与元祐党子女通婚"，并以此条政令为由，要求李清照离开京城。赵家不是宗室，为什么要用别人的笼头来套自家的马呢?

赵挺之对儿媳的态度十分让人不解。很多人认为有可能因为她和赵明诚新婚一年多，没有子嗣，赵挺之正好有利用这个机会逼赵明诚休妻的想法，毕竟在古代不肖有三、无后为大嘛。

当初元祐党人得势的时候，赵挺之答应这桩婚事，便是想从中获益，依当下形势来看，他是打错了算盘了。那么，正好利用这个机会再解除这桩婚姻，可以表明自己的立场，向皇帝和蔡相邀功，进一步巩固自己的地位。没想到这个不懂眼色的李清照竟然用"炙手可热心可寒"的诗句责备自己，这不是更加深了赵挺之的不满了吗?

不管赵挺之的真正意图跟想法是什么，其结果就是李清照被无情地遣返回了原籍。说得不好听点，便是被赶回了娘家啊。

崇宁二年晚秋，李清照随父一起踏上回乡的旅途。可能是在这次途中，或者到明水镇老家后不久，李清照写下了这首词。写这首词的时候，李清照的内心充满了忐忑，她盼望赵明诚的来信，哪怕只言片语；她又担心他的来信，如果这个时候他另有新欢，如果这个时候他迫于父亲的压力做出让她万劫不复的决定，那可怎么办？

三十多年前，人们读台湾作家琼瑶的小说《一剪梅》用"才下眉头，却上心头"的句子来叙述男女主人离愁别绪，当时感动得心酸落泪。而今天我们了解了一个真实的李清照的原型时，才知道琼瑶小说的那种离恨实在是太矫情和做作了，哪有真实的李清照此时的悲凉更能打动人心？

此时此刻，李清照的这份孤独、彷徨、担忧、焦虑之情，这种敏感而脆弱的心思，有谁能懂？让一个19岁的少女独自承担这份痛苦，怎么不令人心如刀割？

最后，我们再辨析一下"轻解罗裳，独上兰舟"的意思。学界对这一句的解释分歧很大。有的认为"兰舟"是一种床，是李清照脱了衣服上了床的意思。试问这种解释，诗词中的画面感会很美吗？这种解释应该属于一些浅薄粗俗的人为了创造一些闲言噱头而臆想和生造出来的话题，根本不能用来解释这首词的意境。还有说是脱下外衣，换上便装的意思。这些解释都是强扭生抠的手法，为了自圆其说而假想出来的解释，没有真正弄懂李清照的句意，也没有学术依据。

  我们要想准确地解释这句话，首先要弄懂两个关键字。第一个"解"，不能用脱衣服的意思来理解，这里的"解"字是"分开"的意思。古代的罗裙是中间有岔缝的，提起裙摆，让裙子两边的裙裾分开，这才方便上船。另外一个字就是"裳"字，在古代"衣裳"这个字是分开的，"衣"为上身外服，"裳"为下身外罩，合起来才是一套完整的服装。"罗衣"即为上身的外套，"罗裳"即下身的外裙。所以这句话的正确解释应该是轻轻地提起裙摆的意思，而不能生搬硬套地凭空想象去曲解原意，最终将读者导入歧途。

醉花阴·薄雾浓云愁永昼

薄雾浓云愁永昼,瑞脑销金兽。
佳节又重阳,玉枕纱厨,半夜凉初透。
东篱把酒黄昏后,有暗香盈袖。
莫道不销魂,帘卷西风,人比黄花瘦。

薄雾弥漫,云层浓密,这漫长的日子过得悠长而烦闷,瑞脑的熏香在雕有金兽的香炉中慢慢燃烧。

中秋节刚刚过去,重阳佳节又来了,这两个本是团聚在一起的日子,你偏偏让我一个人孤寂地面对,我枕在玉一样光滑的瓷枕上,静静地躺在纱帐中,让这半夜袭来的寒气慢慢凉透我的身体,而我的心此时却更加冷清和失落。

想起今天傍晚的时候，我独自举杯漫步在东篱菊花圃中，那隐隐的花香沾满了我的衣袖。

可惜啊，如此佳节良辰却无人与我共赏，你别抱怨我这份魂不守舍的情绪啊，一阵清冷而又无情的西风，撩起我那单薄的窗帘，此时，我的身边没有人温暖我，我看到很多菊花都开始凋零了，可你知道吗？我的青春比眼前的菊花凋零得更快啊。

这首词准确的创作时间应该是崇宁三年（1104）重阳节。上一个重阳节词人和丈夫赵明诚还在一起，今年却千里相思，音讯寥落。

去年中秋节在东京时，李清照曾作《鹧鸪天·桂花》一词，是那么明亮和自信，那样充满生机。可是时隔一年，她孤身于明水镇，又到中秋节的时候，又作了一首《摊破浣溪沙·桂花》。我们把两次不同环境、不同际遇的状态下写的桂花进行一下对比，看看李清照的心情有什么变化：

揉破黄金万点轻。

剪成碧玉叶层层。

风度精神如彦辅，大鲜明。

梅蕊重重何俗甚。

丁香千结苦粗生。

熏透愁人千里梦，却无情。

桂花那金光灿烂的色彩和碧玉一般如刀裁制的层层绿叶，其"风度精神"就像晋代名士王衍和乐广一样风流飘逸，名重于时。

梅花只注重外形，它那重重叠叠的花瓣儿，就像一个只会打扮的女子，使人感到很俗气。丁香花簇簇拥结在一起显得太小气，一点也不舒展。桂花的浓香把我从怀念故人和过去的梦中熏醒，不让我怀念过去，这是不是太无情了？

这首词依然用桂花自喻，和去年相比，少了一层明亮，多了一层惆怅，少了一点温柔，多了一点倔强。尽管此时身处逆境，但李清照仍不失魏晋风度，尽管受到重重压制，但是她依然看不起那些俗气和心胸狭窄的人。可见李清照确有其父的卓然傲骨。

在这首词里，李清照的批判非常隐晦，也很少有人关注她的这层含义，这个时候她的这份轻蔑和愤怒到底指向谁？李清照自己是不会轻易公开的，但笔者认为她的这个情绪与她的公爹赵挺之是有一定关系的。

在《宋史·赵挺之传》中有这样的记载：赵挺之任德州知州的时候，要求德州执行"市易法"。此时正好黄庭坚在德安镇做监察御史，他以德安镇面积小，百姓又贫困，无法承受这种变相勒索，不愿意执行，从而与赵挺之之间产生了隔阂。圣上召见苏轼时，苏轼便说："赵挺之是个聚敛钱财的小人，学识品行没有可取之处，怎么能适合这个职位呢？"等到赵挺之有机会上奏时，又弹劾苏轼的草书中有句"民亦劳止"的话，他认为这是在诽谤先帝。

苏、赵之间自此势同水火，陈师道虽是赵挺之连襟，也是"苏门六君子"之一，他与苏派有着共同的价值观，十分讨厌赵挺之的人品。在陈师道年轻时，新党当政，他宁肯做布衣也不参加科考，赵挺之甚是不屑他的这种清高。后来陈师道出仕任秘书省正字，有一年冬天，皇帝要在郊外举行国家公祭，他家境贫寒，连一件御寒的棉衣都没有。妻子跟自己的大姐借了一件裘衣，陈师道得知是赵挺之的衣服，盛怒之下让妻子退还给赵家，结果在这次郊外祭祀活动中，陈师道染上风寒，不治而亡。

陈师道很看不起赵挺之，但对赵明诚却青睐有加。他在给黄庭坚的信中写道："正夫有幼子明诚，颇好文义。每遇苏、黄文诗，虽半简数字，必录藏，以此失好于父。"

可见赵明诚对苏、黄的追捧有失其父之心，但毕竟是自家的儿子，在赵挺之一路高升的时候，赵明诚也迅速被提拔为鸿胪寺少卿。

李清照在这个时候借桂花以自喻，批评那些艳俗的梅花、小气的丁香，是不是意有所指呢？

转眼到了重阳节，在这整整 年中，值得李清照欣慰的是赵明诚一直与她保持书信往来，使她身处绝境之际不至于绝望，此时的赵明诚无疑是她精神上的唯一支柱。便是在这样的情况下，李清照写下这篇断人心魂的《醉花阴》。

"薄雾浓云愁永昼。"翻译成白话就是说今天一整天我的心情都不好，外面飘着淡淡的雾气，天空堆积着厚厚的浓云，这白天怎么这么漫长啊。

中南大学文学院杨雨教授认为这里的"薄雾浓云"应该是"薄雾浓雰"。她说李清照从小便博览群书，她一定读过汉代中山王刘胜《文木赋》中的"奔电屯云，薄雾浓雰"，并化用到自己的作品中来。这里到底用"云"好，还是用"雰"好呢？我们来看看"雰"字的含义。"雰"的第一种意思是"雾气"，放在这里就解释不通。为什么？你看前面说薄雾，后面又说是浓雰，那这个雾到底是薄呢还是浓呢？不仅前后矛盾，也不符合古代诗词语意重复的美感。"雰"还有一层意思是霜雪很盛的样子。刘胜的文章里就表达这个意思，那是冬天的场面，他的前文中有"嘈嗷鸣啼，载重雪而稍劲风"，可见刘胜所写的季节是冬季。

而李清照写这首词的时候是什么季节？重阳节啊，按山东济南的节气，重阳节的时候别说有什么雪，便是霜也不至于有吧。所以笔者认为这里用"云"还是非常贴切的。

"瑞脑销金兽。""瑞脑"是一种名贵的熏香，又称龙脑或冰片。这句话意思是说瑞脑这种熏香在雕有金兽的香炉里慢慢烧尽了。李清照这个时候是不是真正使用这么名贵的熏香呢？不一定。古人写诗词讲究高雅，他们喜欢用极致，或者夸张的词来渲染意境。比如"紫电清霜，王将军之武库"，这里的"紫电"和"青霜"都是古代十分名贵的宝剑，王勃用这两个词来表达对王将军的赞美，不代表王将军真的有什么样的名贵宝剑。作为小资情调浓厚的李清照，每天燃熏香自然是生活的重要仪式，这里只是用"瑞脑"来表达室内熏香的芬芳馥郁。

"佳节又重阳，玉枕纱橱，半夜凉初透。"在这一句的理解上，我们又和主流的专家有分歧了。河南大学文学院教授王立群是这样说"佳节又重阳"中的"又"字的，他说，"又"字表明李清照一个人孤独地过重阳节已经不是第一次了，而是多次。然而据我们前面的考证，李清照于崇宁元年与赵明诚结婚，崇宁二年秋冬时节离开，崇宁三年创作了这首词，他们婚后只有这一次重阳节是离别的，哪来的多次呢？那么我们应该如何理解这个"又"字呢？笔者认为这里的佳节并不是指的重阳节，而是中秋节。李清照的本意是中秋节刚刚过去，重阳节又来了，这两个本该团聚在一起的日子，偏偏让我一个人孤寂地面对，我枕在玉一样光滑的瓷枕上，静静地躺在纱帐中，让这半夜袭来的寒气慢慢凉透我的身体，而我的心此时却更加冷清和失落。

杨雨教授认为这里的"玉枕纱橱"，应该是"宝枕纱橱"，这两个字哪一个更符合李清照本人的气质呢？笔者认为"玉枕纱橱"更贴近词人的气质。李清照一生爱玉，她家院内有一个泉眼，被她称之为漱玉泉，她的词集取名为《漱玉集》，她的古玩中玉器占有很大的比例——玉有纯洁通透、不染尘埃的精神内涵，用"玉"字更高雅，更符合对瓷枕质地的描述。而用"宝"字则俗气得多，一定不会是有精神洁癖的李清照的选择。

接下来便到了这首词的下阕，在讲下阕之前我们把南京师范大学郦波教授和中南大学杨雨教授两个人的观点提出来供大家讨论一下。

由于上阕写白天到夜里，下阕却突然又写到黄昏时节，这让两位教授大惑不解，他们在想，李清照写文章怎么颠三倒四，不按套路出牌呢？于是郦波教授认为这首词的上阕应该是对重阳节前一天的描述，下阕才是写重阳节当天。而杨雨教授则认为词的上阕应该是写重阳节当天，下阕写的是重阳节的第二天，因为重阳节第二天菊花才开始凋谢。

无论是前一天还是后一天，总之他们都认为李清照写的是两天的事，而不是一天，如果是一天就没有办法解释这上下阕内容的逻辑问题。

对于这个观点，笔者不敢苟同。无论是郦波老师，还是杨雨教授，都是值得我们尊重的学者，尽管他们的学问做得都很好，但我们依然对他们的观点提出异议。笔者认为这首词就是写了重阳节当天的事，跟前一天和第二天没有关系。这首词应该是李清照在重阳节夜里失眠的时候一气呵成写成的。那我们应该怎么解释上下阕内容的时空颠倒问题呢？笔者认为这首词的上半阕是词人对时间、天气、环境以及个人感受的描述，是一种写实；而下阕应该是李清照要对赵明诚所要说的私房话，是夫妻之间的隔空对话和精神对白，是一种避实就虚的情感抒发。

我们试想一下，词人描述完自己的心情以后，突然打开想象的闸门，好像赵明诚正站在自己的面前，于是词人便对他说："唉，夫君，跟你说个事啊，今天傍晚的时候啊，我在菊花丛中一边饮酒，一边赏花，那隐隐的花香沾满了我的衣袖。此时你不在我身边，我很孤寂，你别抱怨我这份魂不守舍的情绪啊，你看西风卷过窗帘，我看到很多菊花都开始凋零了，可你知道吗？我很担心这美好的光阴可能比眼前的菊花消逝得更快啊。"一个恋人如果对你说出这样的话来，是多么让人心疼和怜惜啊。这样理解是不是更具有词的意境，更符合词人当时的心境呢？

那种讲究写实的理解，不但曲解了词人的本意，也是把一件唯美的艺术品理解得庸俗化，读不出它内在的情调了。

元代伊世珍的《琅嬛记》记载:"易安以重阳《醉花阴》词函致赵明诚。明诚叹赏,自愧弗逮,务欲胜之。一切谢客,忘食忘寝者三日夜,得五十阕,杂易安作以示友人陆德夫。德夫玩之再三,曰:'只三句绝佳。'明诚诘之,答曰:'莫道不消魂,帘卷西风,人比黄花瘦。'正易安作也。"

无论这件事的真实与否,起码有一点可以肯定,那就是当时和后世人对李清照这首词的赞赏是毋庸置疑的。后人曾给李清照取了一个别号,叫"李三瘦",这首词便是她最经典的第三瘦。第一瘦是"知否,知否,应是绿肥红瘦",第二瘦是"露浓花瘦,薄汗轻衫透",第三瘦便是这首"莫道不销魂,帘卷西风,人比黄花瘦"。这也是她瘦得最断魂的一句。后人用"黄花比瘦"的掌故,比喻人的憔悴和相思之深。可见李清照影响力之大,绝非一般文人可比拟。

《醉花阴·薄雾浓云愁永昼》（李裕康 书）

东篱把酒黄昏后有暗香盈袖莫道不销魂帘卷西风人比黄花瘦

满庭芳·残梅

小阁藏春,闲窗锁昼,画堂无限深幽。
篆香烧尽,日影下帘钩。
手种江梅渐好,又何必、临水登楼。
无人到,寂寥浑似,何逊在扬州。

从来知韵胜,难堪雨藉,不耐风揉。
更谁家横笛,吹动浓愁。
莫恨香消雪减,须信道、扫迹情留。
难言处,良宵淡月,疏影尚风流。

在阁楼中好似春天一般,平常不用的窗子将白昼都隔在了外面,走在画廊里,发现这里非常深幽。篆香烧尽了,日影移上帘箔了,才发现黄昏将近。

我喜爱梅花,自己种的江梅渐已长好,为什么一定要再临水登楼赏玩风月而荒废了时光呢。

没有人来找我谈话聊天,如今在这样的寂寥环境里独自面对梅花,就好像当年何逊在扬州对花彷徨。

梅花色泽美艳，它虽不像别的花那么畏惧霜雪，但毕竟娇弱，难以禁受寒风冷雨的摧残。

又是谁吹起横笛曲《梅花落》，吹动了我的愁绪。不要怨恨暗香消失，落花似雪，要相信，虽然梅花踪迹难寻而它情意长留。

我很难说出我的家世，多想有一个美好的夜晚，淡淡的月光投下梅枝横斜优美的姿影，从这姿影里还能显示出梅花的俊俏风流。

李清照一生爱几种花，荷花、海棠、桂花还有梅花。在她现存的诗词集中，写梅花或提及梅花的词有十多首，几乎占她存世作品的三分之一。可见她和梅之间的接触很多，她对梅的关注度很高。

我们发现，这首词没有前两首词中的那份隐隐的哀怨了，也没有那种深沉的相思之意。这是为什么呢？因为这一年大宋王朝的这锅炒黄豆，又翻了一次身。

元祐党人被清算以后，旧党没有了共同的敌人了，于是旧党内部的矛盾也开始慢慢地发酵了。

蔡京怂恿徽宗立党人碑的做法，在当时甚是不得人心。据说永兴军（今陕西西安）官府请一个叫安民的石匠去刻字，他推辞说："草民是愚昧之人，本不知立碑之意。但像司马相公这样的人，天下人都说他正直，你却说他是奸邪之辈，草民不忍刻他名字。"

永兴军的官员大怒，准备定他的罪，安民哭泣着请求："官府的差使，草民不敢再推辞，只请求在碑石之本不刻写草民贱名，草民恐留骂名于后世。"

宋徽宗重用蔡京，是不是因为蔡京真的有济世救民的本事呢？当然不是，徽宗虽为皇帝，其实只是蔡京的一个粉丝。我们知道宋徽宗是一个书法爱好者，北宋时期的书法四大家，苏、黄、米、蔡，蔡京虽然排在第四，但却非常受到赵佶的追捧。

当年蔡京刚刚到京城做官的时候，每次进到衙署，都有两个衙役手持白绢团扇给他扇风消暑，对他特别恭敬。时间一长，蔡京也觉得挺感动，有一天一时兴起，就把这俩衙役手里的白绢团扇要了过来,在上面各题了一首杜甫的诗。

第二天,这两衙役靴帽鞋袜穿戴一新,从上到下整个换了一身行头,而且是满脸的兴奋。蔡京问:"你们怎么回事儿?发财了?"二人回答说:"确实是发财了。我们把您题字的那两把扇子卖了,足足卖了两万钱!"蔡京又问是谁买的,他们说是某位亲王给买走了。那位亲王就是端王赵佶,也就是后来的宋徽宗。可见宋徽宗对蔡京的赏识是由来已久的。

蔡京为相以后为满足徽宗的奢侈生活,国家费度剧增,宫廷及国家的所有开支都依赖蔡京敛财的政策。而蔡京改革的敛财效果也是十分显著的。以盐法为例,以前一天所收盐税达到两万贯钱,皇上都惊讶,感到太多了,而现在呢?一天达到四五万贯。政和六年"盐课通及四千万缗",茶法也如此,王应麟说:"崇宁以后岁入至二百万贯,视嘉祐五倍矣,政和元年正月并习引法,置都茶场,岁收四百余万贯。"这是北宋茶利最高的时期。面对蔡京的"贡献",徽宗高兴地对左右说:"此太师与我奉料也。"宫中费用和国家财政都与蔡京改革绑在一起。徐勃论茶盐法为民病,徽宗也只能以"以用度不足故也"为对。

一次,宋徽宗大宴群臣,摆下了玉盏、玉壶,豪华异常。群臣入座之后,宋徽宗也觉得摆设过分,便说:"我如果用这样高级的器物,恐怕言路又要喧哗,说我太奢侈了。"蔡京马上奏道:"陛下富有四海,正当玉食万方。区区酒器,用之当然,怎不理直气壮?况且我们如果不张扬炫耀自己的富有,拿什么来征服外敌,让他们心甘情愿地做我们的属国呢?"宋徽宗闻言,笑逐颜开,心满意足。

蔡京还制定礼乐,铸造九个大鼎,修建九成宫,把鼎安放在宫中,表示天下承平,引导宋徽宗不断腐化奢靡。徽宗喜欢字画文物,他便借口国家收藏的名义花重金四处搜刮;皇帝喜欢各种奇岩怪石,他便动用国家战略漕运的力量到江南四处收集,美其名曰"花石纲"——把花石作为一种国家税收派发下去。这与李清照批评的"传置荔枝多马死"有什么区别啊。

自蔡京拜相以来，受到其排挤迫害的朝中大臣，几乎超过千人，打击元祐党人成了蔡京党同伐异，排挤打击政敌的一把利剑。这种大面积的树敌，无疑为自己的未来挖下无法逾越的大坑，并最终因利益和政见的冲突引起了公愤。蔡京反对党的领袖便是赵挺之。蔡、赵之间的矛盾慢慢公开化，上奏弹劾蔡京的奏章以及替元祐党人发声的言论也越来越激烈。

当时京都有一个民谣说："打破桶（童），泼了菜（蔡），人间才是好世界。"可见当时对蔡京的民怨已经到了什么程度。

崇宁四年秋，一夜大雨滂沱，雷电交加，突然一个霹雳伴随着一个巨大的火球，不偏不倚地击中了端礼门前的"元祐党人碑"，随着一声巨响，石碑轰然倒塌，断成数节。这次雷击事件更给蔡京的反对派们一个口实，认为蔡相打击元祐党人有违天意，劝徽宗遵天意，察民心，纠偏政，兴国运。

徽宗也担心党人碑违背了天意，恰好此时东北夜空有彗星出现，赵挺之以天意降灾之害，痛呈蔡京之祸将贻害万世。天意不可违，于是徽宗下诏罢免蔡京相位，平反元祐党人的罪名，拆毁全国所有党人碑，并安排元祐党人重返工作岗位。

在这种情况下，崇宁五年正月，李清照随父重回京都，但此时李清照并未重返赵府，而是居住在父亲的"有竹堂"。这首词便是在崇宁五年春所作。

"小阁藏春，闲窗锁昼，画堂无限深幽。""小阁"是妇女的内寝，"闲窗"即表示内外都是闲静的。"藏"与"锁"互文见义。美好的春光和充满生气的白昼，恰恰被藏锁在这狭小而闲静的屋子里。春光和白昼都藏锁住了，暗示这里并未感到它们的存在，因而画堂显得特别深幽。"深幽"极言其堂之狭长、暗淡、静阒。词人已习惯这种环境，似乎还满意于它的深幽。篆香是古代的一种高级盘香。它的烧尽，表示整日的时光已经流逝，而日影移上帘箔也说明黄昏将近。"手种江梅渐好"是整首词的转折，开始进入咏物。黄昏临近之时，词人于空外见到亲于种植的江梅，忽然产生一种欣慰。它的"渐好"能给种树人以安慰。

词上阕的结尾，由赏梅联想到南朝文人何逊迷恋梅花的事，使词情的发展向借物抒情的方向过渡，渐渐进入词人所要表达的主旨。何逊是南朝梁代著名的文学家，他的诗情辞婉转、意味隽美，深为唐宋诗人杜甫和黄庭坚所赞赏。梁代天监年间，何逊曾任建安王萧伟的水曹行参军兼记室。他有咏梅的佳篇《扬州法曹梅花盛开》（亦作《咏早梅》）。何逊对梅花的一片痴情，是其寂寞苦闷心情附着所致。杜诗有"东阁官梅动诗兴，还如何逊在扬州"（《和裴迪登蜀州东亭送客逢早梅相忆见寄》）。李清照用何逊之事，又兼用杜诗句意；按她的理解，何逊在扬州是寂寥的。她在寂寞的环境里面对梅花，遂与何逊身世有某些共鸣之感。此时李清照虽然已经重回京都，但依然有一种精神上的寂寥。

词人善于摆脱一般咏物之作胶着物态、敷衍故实的习径，笔端充满丰富的情感，联系个人身世，抒发对残梅命运的深深同情。"从来知韵胜",是她给予梅花整体的赞语。"韵"是风韵、神韵,是形态与品格美的结合。梅花是当得起"韵胜"的,词人肯定了这一点之后,却不再多说,转笔来写它的不幸,发现它零落后别有一番格调意趣。"藉"与"揉"也是互文见义,有践踏、摧损之意。梅虽不畏寒冷霜雪,但它毕竟是花,仍具花之娇弱特性,因而也难以禁受风雨的践踏、摧损。这是花的命运。

由落梅的命运,词人产生各种联想,词意呈现很曲折的状态。由落梅联想到古曲《梅花落》,是虚写,以此表现落梅引起词人个人的感伤情绪,造成一团"浓愁"而难以排解。但词人又试图进行自我排解,词情为之一变。梅花的暗香消失、落花似雪,说明其飘谢凋零,丰韵不存。这本应使人产生春恨,迁恨于春日风雨的无情。但词人以为最好还是"莫恨"——"须信道、扫迹情留"。"扫迹"即踪迹扫尽,难以寻觅。"难言处,良宵淡月,疏影尚风流"是补足"情留"之意。"难言处"是对下阕所表达的复杂情感的概括,似乎还有与词人身世的双关的含义。想象一个美好的夜晚，淡淡的月光，投下梅枝横斜优美的姿影。从这姿影里还显示出梅的俊俏风流，应是它扫迹后留下的一点情意。也许明年它又会重开，并带来春的信息。"良宵淡月，疏影尚风流"突出了梅花格调意趣的高雅，使全词的思想达到了一个新的高度，它赞美了一种饱经苦难折磨之后，仍孤高自傲，对人生存有信心的高尚的精神品格。这首词语句轻巧尖新，词意深婉曲折，表情细腻，音调低沉谐美，富于女性美的特征，最能体现词人基本的艺术特色。本词不仅表现了词人与梅花之间情感的交流，而且达到了人梅难分的境界。这首《满庭芳》不仅是《漱玉词》中的佳作，也应是宋人咏物的佳作之一。

小重山·春到长门春草青

春到长门春草青,红梅些子破,未开匀。
碧云笼碾玉成尘,留晓梦,惊破一瓯春。
花影压重门,疏帘铺淡月,好黄昏。
二年三度负东君,归来也,著意过今春。

春天来了,长门宫前春草青青。

有些梅花已经开始挣破了花蕾,绽放出明丽的花瓣,而有一些还是花苞,没有绽放。

取出笼中碧云茶,碾碎的末儿玉一样晶莹,想留住晓晨春光的好梦,呷一口茶,却惊破了一杯碧绿的春景。

层层花影掩映着重重的门，疏疏帘幕透进淡淡月影，多么好的黄昏。

两年第三次辜负了春光，现在回来了，多希望能够尽情地享受今年这个春天的温馨啊。

对于这首词的解读争议很多，首先是创作时间上众说不一。我们根据柯宝成《李清照全集（诗词文汇·编汇评汇校）》考证，这首词创作于1106年是可信的，也就是李清照重返京都之后的作品。既然她已返回京都，那么从理论上讲，她就应该是重回那个"怕郎猜道，奴面不如花面好"的甜蜜与缠绵之中啊。为什么这首词里依然透露出隐隐的幽怨呢？

在导读这首词之前，我们应该先弄懂词人的第一句话——"春到长门春草青"的含义。这里需要先解释一下"长门"这个词的典故。

汉武帝与姑母的女儿陈阿娇从小青梅竹马。汉武帝发誓要娶阿娇为妻，并许诺给阿娇建最好的金屋居住，此即金屋藏娇的典故。后来阿娇果然成了汉武帝的陈皇后。之后汉武帝又宠爱卫夫人，陈皇后非常嫉恨。有一段时间，卫夫人经常生病，有几次还差点死掉。汉武帝细查原因，发现陈皇后因为嫉妒卫夫人，在后宫中请女巫施行巫术魇镇卫夫人。武帝大怒，将陈皇后贬于长门宫。陈皇后贬居长门宫后，非常孤寂痛苦。她回想起当年汉武帝"金屋藏娇"的许诺，觉得也许还可以使武帝回心转意。她听说蜀郡有一个才子叫司马相如，是天下写文章的妙手，就派人给司马相如送去黄金百斤，请他为自己写一篇文章来打动汉武帝。司马相如果然为她写了一篇《长门赋》，赋中诉说了陈皇后贬居长门宫后的悲哀与愁苦，以及她对汉武帝的思念之情。文辞美妙，委婉动人。汉武帝读了《长门赋》后，很受感动，于是赦免了陈皇后，与她和好如初。

李清照写诗词爱用典故，而且绝对不会滥用或错用典故，那么她在这首词中为什么突然用长门阿娇的典故呢？北京师范大学王汝弼教授认为，这是李清照的婕妤之叹。

汉成帝有一个非常贤惠的妃子叫班婕妤，即班超的姑姑。有一次，成帝游于后庭，邀班婕妤同乘御车，班氏婉辞谢绝说："观古图画，贤圣之君皆有名臣在侧，三代末主乃有嬖女，今欲同辇，得无近似之乎？"汉成帝觉得她讲得有道理。这几句话传到王太后的耳里，王太后高兴地说："古有楚樊姬，今有班婕妤。"

后来成帝偏宠赵飞燕姐妹，为此许皇后策划了一场"巫蛊"案，事件败露后，班婕妤也被牵连进去。而成帝对班婕妤参与"巫蛊"案表示怀疑，一直未做处理。有一次，成帝亲问此事。班婕妤说："我谨守妇道，也不见上天降福，难道从事邪道的人，会得到上天的支持吗？自己绝不干这种蠢事。"成帝释疑，赐金百斤。

王汝弼先生的《论李清照》开始对这首词的创作初衷提出异议，认为两人感情上有矛盾，特别是李对赵不满。朱淡文在《论李清照〈漱玉词〉中的爱与忧郁》一文中重申王汝弼先生的看法，认为"赵明诚有不止一个侍妾"，而李清照在《金石录后序》中的"余性不耐""侯素性急"

等诸语,显示了两人的性格差异。陈祖美先生也曾发表《对李清照内心隐秘的破译——兼释其青州时期的两首词》,在王汝弼先生的基础上,着重论述了赵的"纳妾"问题及其对李内心世界的影响,并由此对《凤凰台上忆吹箫》与《声声慢》二词进行了新的诠释。此后,陈在一系列相关论著中,重申了她对赵明诚纳妾问题的坚定看法,并对李清照内心隐秘进行了开掘,对其许多词作进行了新的阐释。陈祖美先生提出赵明诚有"天台之遇",赵李之间出现过第三者插于其间的观点,两人关系曾出现裂痕,李清照也因此发出"婕妤之叹"。

以上是几位对李清照有深刻研究的专家的观点,笔者认为他们的观点是可信的。

在李清照被遣返原籍,对赵明诚日思夜念,饮尽相思苦酒之际,身在东京的赵明诚果能如清照那般对她梦绕魂牵吗?笔者认为应该是没有的。这一段长时间的空间隔离,也无可避免地造成了一定程度上的情感裂痕。那个时候的赵明诚身为当朝权贵之子,又刚刚走上仕途,他的世界要比李清照的要广阔明朗得多。他无法体会到当时李清照心里那份痛彻心扉的相思。

彼时的东京汴梁是什么地方？是全世界最繁华的地方，秦楼楚馆，舞榭歌台，对于一个与新婚妻子长期分居的年轻男子来说，不能不说是一种无法抵挡的诱惑。何况当时的男人们寻花问柳、挟妓养妾那是常态，就连徽宗也经常偷偷出宫逛青楼，何况这位出身权贵、华年正盛的风流少年呢？尽管我们没有准确的资料知悉赵明诚在这段时间里都做了些什么，但我们可以肯定地认为他并没像李清照那样只为一个人独守空房。

也许对于一个女人来说，尤其是对一个视爱情为最高信仰的女人来说，没有什么比来自爱情的伤害更让人不堪忍受的了。李清照虽然生在一个男人们可以三妻四妾的时代，但她注定是与一般女人不同的，她有强烈的精神洁癖，怎么可能接受与别人共享赵明诚的情爱呢？从明水镇归来，赵明诚的这份秘密当然隐瞒不了敏感的李清照，久别重逢的愉悦很快被那份说不出口的痛所替代。然而即便发现了丈夫的背离，她也不允许自己像一般女人那样哭闹撒泼，而这份委屈便只能发泄在一首首诗词的字里行间。我们如果不认真地研究，便很难发现她的这份长夜痛哭的苦楚。

这就是李清照这首《小重山·春到长门春草青》的创作背景。了解了这一背景后，我们再来反刍这首词的意境。

李清照以"长门"入词，暗示自己有一种难言的忧伤，为下文表达这种忧伤做了情绪上的铺垫。这一句连用两个"春"字，借春草在经历了寒冬之后回归本色之意，暗示词人回到丈夫身边。

"江梅些子破，未开匀。"看那江梅花朵和蓓蕾相间，梅枝与新蕊互衬，愈发显得错落有致，相映成趣。这些共同组成了一幅娇妍的春意图。

"碧云笼碾玉成尘，留晓梦，惊破一瓯春。"碧云笼碾，即碾茶。宋人吃茶都是先碾后煮。碧云是形容茶色。她取出名贵的"碧云"茶团，碾碎煎煮。词人本想一边品茗，一边回味早晨的梦境。哪知一经重温"晓梦"，惊破了品尝茶香的雅兴。

"惊破一瓯春"的"春"字，语意双关，不仅形容出茶色的纯正、香气的馥郁，更暗示了词人的"晓梦"是与一种春景春情有关。

词的下阕承"晓梦"而转入对"黄昏"景象的描绘："花影压重门，疏帘铺淡月，好黄昏。"疏帘，有雕饰的帏帘。词人轻轻两笔，勾勒出一幅清幽的黄昏景色。我们仔细品味一下，这是一幅水墨写意画，没有明丽的色彩，说明词人此时内心世界的色彩很暗淡。这两句里"压""铺"二字把词人的情趣表达了出来。

"二年三度负东君，归来也，著意过今春。"我在这两年里，曾经三次辜负了这春天的景色啊，现在回到了丈夫的身边，今天应该好好地享受一下他的温暖了吧。

在李清照的笔下，有许多著名的春景情词，《如梦令·昨夜雨疏风骤》《浣溪沙·淡荡春光寒食天》等都是熟知的咏春名篇。而这首词的春天所表达出来的节奏感却与以往不同，缺少了以往的那种欢快和愉悦的韵律感。

有人将这首词解读为在春到人间、春草青青、江梅初绽的早春，李清照期盼在外为官，两年三度没有回家的丈夫能够回来与她共度一个美好春天的心情。徐北文在其主编的《李清照全集评注》中对这首词评曰："格调欢快，意境开朗，色彩鲜明，感情真朴，生活色彩浓厚，字里行间流露出苦心孤诣，孜孜追求的愿望即将实现的那种喜悦心情。"

抛开李清照当时的生活背景，单纯从这首词的文字表面来看，徐先生的解释或许也有一定的道理。但是种种资料表明，从赵明诚出仕，到他受父亲牵连，回青州老家，他就没有离开过京城，这段时间倒符合李清照被迫回乡的事实，"二年三度负东君"的是李清照，而不是赵明诚，词中透露的也不仅仅是愿望将要实现的喜悦之情。春草青青，江梅初绽，花影压重门，疏帘铺淡月，看上去是春光明媚，花好月圆，唯有细读才能读出词人隐藏其间的苦闷、婉转的心思。"春到长门春草青"，她重回京都很可能并没有回赵府的婚房,而是在自己家的"有竹堂"——这个曾经留下自己多少美好回忆的地方,何以成了"长门"?仅凭这一点就足够耐人寻味了。徐北文先生的观点似乎很难对这层含义进行令人信服的解释。

凤凰台上忆吹箫·香冷金猊

香冷金猊，被翻红浪，起来慵自梳头。
任宝奁尘满，日上帘钩。
生怕离怀别苦，多少事、欲说还休。
新来瘦，非干病酒，不是悲秋。

休休！
这回去也，千万遍阳关，也则难留。
念武陵人远，烟锁秦楼。
惟有楼前流水，应念我、终日凝眸。
凝眸处，从今又添，一段新愁。

铸有狻猊提钮的铜炉里，熏香已经冷透，红色的锦被乱堆床头，如同波浪一般，我也无心去收。

早晨起来，懒洋洋不想梳头。任凭华贵的梳妆匣落满灰尘，任凭朝阳的日光照上帘钩。

我生怕想起离别的痛苦，有多少话要向他倾诉，可刚要说又不忍开口。

上卷　109

新近渐渐消瘦起来,不是因为喝多了酒,也不是因为秋天的影响。

算了罢,算了罢,这次他必须要走,即使唱上一万遍《阳关》离别曲,也无法将他挽留。

想到心上人就要远去,剩下我独守空楼了,只有那楼前的流水,应顾念着我,映照着我整天注目凝眸。

就在凝眸远眺的时候,从今而后,又平添一段日日盼归的新愁。

这首词创作时间陈祖美的《李清照简明年表》有云:"公元1118至1120年(重和元年至宣和二年),这期间赵明诚或有外任,清照独居青州。是时明诚或有蓄妾之举。作《点绛唇》《凤凰台上忆吹箫》等。"赵挺之在和蔡京的政治斗争中,最终以失败而告终。大观元年(1107),蔡京再次担任了宰相,一个直接的后果,就是赵挺之不得不辞去宰相的职务。

赵挺之回到家里五天之后,就去世了,时年68岁。

这一下家里的顶梁柱可就倒了。赵挺之一去世，蔡京就开始抄他的家，就把他家里头所有在朝廷里边担任官职的人都抓起来，特别是他这三个儿子，说他们有贪污之罪。但经过多方侦办，最后确定说，没有任何贪污的迹象，这才算把他们放出来了。罪责是没有了，但也不能让你们有好日子过啊，于是赵明诚兄弟三人全部被罢了官。

东京汴梁是待不下去了，于是一家人回到了山东青州。这段经历对于赵明诚来说是一段政治上的低谷，对李清照来说则是家庭生活的高峰。

离开了京城，远离那尔虞我诈、明争暗斗的政治漩涡，来到宁静如世外桃源的青州，李清照感到无比轻松和惬意。她非常崇尚陶渊明"采菊东篱下"的田园生活，借用《归去来兮辞》，把居所取名"归来堂"，引用其中一句"审容膝之易安"，将居室称为"易安室"，自号"易安居士"，自此，便开始有了李易安的别号。在李清照回青州之前，我们都不能称之为李易安，在她回青州以后我们才可以称之为李易安。

在李清照 31 岁生日那天，赵明诚特地画了一张李清照的画像并送给她。赵明诚在这张画的旁边题词曰：

易安居士三十一岁之照。佳丽其词，端庄其品，归去来兮，真堪偕隐。正和甲午新秋德甫题于归来堂。

这幅画如今藏于故宫博物院，有人认为易安居士画像及赵明诚题词是后人伪作，但是吴金帝将上海博物馆所藏的欧阳修《集古录》跋尾上的赵明诚墨迹与题在画像上的墨迹相比较，发现许多字的字形结构、运笔方式都极为相似，据此认为画像题词确为赵明诚手迹。这便是他们青州甜蜜生活的铁证。

这十多年间，李清照全身心地与丈夫投身于金石研究工作中，一同鉴赏、校注碑文字画。她还协助赵明诚整理校勘书史，撰写珍本秘籍。在她的协助下，赵明诚得以完成了留诸后世的《金石录》三十卷。

这是一部继欧阳修《集古录》之后，规模更大、更有价值的研究金石学的专著。著录所藏金石拓本，上起三代，下及隋唐五代，共两千多种。前十卷为目录，按时代顺序编排，后二十卷，就所见钟鼎彝器铭文款式的碑铭墓志石刻文字，加以辨证考据。其中，更对两《唐书》多作订正，是研究古代金石碑刻的必读之书。这本著作的诞生，也为中国的金石鉴赏史添注了重要而精彩的一笔。

李清照在《金石录后序》中有这样的记载："余性偶强记，每饭罢，坐归来堂，烹茶，指堆积书史，言某事在某书、某卷、第几页、第几行，以中否，角胜负，为饮茶先后。中，既举杯大笑，至茶倾覆怀中，反不得饮而起。甘心老是乡矣！"最后一句"甘心老是乡矣！"这是她晚年回忆青州这段生活时所述。我们可以想象她对这段美好回忆是多么恋恋不舍，每读到此心里都要感触得落泪。

"读书消得泼茶香，当时只道是寻常。"我们每个人今天感到很平淡的时光，或许很多年后回味起来便是一种诗啊，所以每个人都应该珍惜眼前的生活和眼前的人。

在青州，李清照受老师晁补之的影响，写下了那篇备惹争议的《词论》，从五音、五声、六律、清浊轻重等方面对当时很多词坛大家进行了批评。在这篇文情并茂的评论里，我们可以看到易安内心孤高的一面。她不为当时的社会环境所制约，亦不为自己的女子身份而有畏怯，敢于对诸多名家提出自己的见解。可见她是一个心直口快、性情爽直的人。

既然这首词写于青州，那么词中为什么会出现这种离别的情绪呢？这个时候赵明诚出去做官的可能性不大，但是远游出访名胜古迹的可能性是有的。很可能是赵明诚带着小妾去很远的地方。"千万遍阳关，也则难留。"从这两句词中我们能看出，李清照是不愿意他们出去的。如果赵明诚是因官差离家，李清照不可能挽留，那就是不懂事理了，而带着小妾长时间远游，我们就可以理解李清照不愿意他们出去的心理因素了。

位于青州西南五十千米处的仰天山，因其风景秀美，曾吸引历代文人雅士登临题咏，在这期间，赵明诚不下五次登临仰天山，得罗汉洞题铭。赵明诚还三次到访过泰山西北的长青灵岩寺。这是一座千年古刹，寺内文物古迹遍布，它与浙江天台国清寺、湖北江陵玉泉寺、江苏南京栖霞寺并称天下四大名刹。《金石录》第七卷里收录的《灵岩寺颂碑》，便是他三访灵岩寺的收获。他还曾登访泰山的唐登峰记诰文碑。赵明诚每一次出游基本上都是满载着收获而归。

我们再来看看李清照在这首词里表达了自己什么样的心情。凤凰台是潮州八景之一，是游人徘徊难离的名胜。《凤凰台上忆吹箫》词牌取传说中萧史与弄玉吹箫引凤的故事为名。

相传战国时期，秦穆公有个小女儿，因自幼爱玉，故名弄玉。弄玉不仅姿容绝代、聪慧超群，于音律上更是精通。她尤其擅长吹笙，技艺精湛，国内无人能出其右。弄玉及笄后，穆公要为其婚配，无奈公主坚持若不是懂音律、善吹笙的高手，宁可不嫁。穆公珍爱女儿，只得依从她。

一夜，弄玉一边赏月，一边在月光下吹笙，却于依稀仿佛间闻听有仙乐隐隐与自己玉笙相和，一连几夜都是如此。弄玉把此事禀明了父王，穆公于是派孟明按公主所说的方向寻找，一直寻到华山，才听见樵夫们说：有个青年隐士，名叫萧史，在华山中峰明星崖隐居。这位青年人喜欢吹箫，箫声可以传出几百里。孟明来到明星崖，找到了萧史，把他带回秦宫。于是萧史便和弄玉成婚了，婚后教弄玉吹箫学凤的鸣声。学了十几年，弄玉吹出的箫声和真的凤凰叫声一样，甚至把天上的凤凰都引下来了。秦穆公专门为他们建造了一座凤凰台，这就是凤凰台的由来。

萧史和弄玉住在凤凰台上，一连几年不饮不食，亦不下台。有一天，二人笙箫相和后，竟引来金龙紫凤，萧史乘龙，弄玉跨凤，双双升空而去。成语"乘龙快婿""龙凤呈祥"便是因此而来。关于萧史其人，最早记载见于汉朝时刘向的《列仙传》卷上《萧史》。

当然这首词的创作时间还是存在争议，周桂峰教授在《李清照研究》一书中说："笔者曾于20世纪90代初提出晚年说，现在仍持此看法。因为，屏居乡里十年，李清照虽曾表示"甘心老是乡"（指醉心书史），但当复出时机到来之时，李清照没有理由不高兴。不能与丈夫同行，自有其留下来的理由。按照后来的惯例，每当有突然事变发生时，总是李清照担当处理善后的责任，如赵明诚奔丧南去，李清照担当守家之责；北宋沦陷之后，李清照担当搬家之责；赵明诚得官湖州匆忙赴阙，李清照担当守护文物之责——此次的不与同行，必然有重要的理由，使李清照自己也心甘情愿地留下来。若无冠冕堂皇的理由，赵明诚即便不想携去，恐亦难以开口。从李清照《金石录后序》看，南渡之前，赵明诚绝无劣行，李清照没有理由在送他为官赴任的时候要如此的凄伤绝望。如此凄伤绝望的作品，只有出现在赵明诚病故之后才是合理的。"这里我们把周教授的观点如实摘录，供读者们参考。

现在我们解析这首词的全文：

"香冷金猊，被翻红浪"，为对偶，给人以冷漠凄清的感觉。金猊，指狻猊（狮子）形铜香炉。"被翻红浪"，语本柳永《凤栖梧》："鸳鸯绣被翻红浪。"说的是锦被胡乱地摊在床上，在晨曦的映照下，波纹起伏，恍似卷起层层红色的波浪。金炉香冷,反映了词人在特定心情下的感受;锦被乱陈,是她无心折叠所致。

"起来慵自梳头",则全写人物的情绪和神态。这三句工练沉稳,在舒徐的音节中寄寓着词人低沉压抑的情绪。到了"任宝奁尘满,日上帘钩",则又微微振起,恰到好处地反映了词人情绪流程中的波澜。然而她内心深处的离愁还未显露,给人的印象只是懒怠或娇慵,使读者从人物的慵态中感到她内心深处有种愁绪的存在。

"生怕离怀别苦",开始切题,可是紧接着,词人又一笔宕开:"多少事,欲说还休",万种愁情,一腔哀怨,到底是什么样的话让她难以启齿呢?词情又多了一层波折,愁苦又加重了一层。她宁可把痛苦埋藏心底,自己折磨自己,也不愿意像一个怨妇一样逢人便诉说自己的酸楚,真可谓用心良苦,痴情一片,难怪她会"慵怠无力"而复"容颜消瘦"了。

"新来瘦,非干病酒,不是悲秋。"她先从人生的广义概括致瘦的原因:有人是因"日日花前常病酒",有人是因"万里悲秋常作客",而她的瘦则来自一种无法言说、无处倾诉、不可告人的原因。

从"悲秋"到"休休",是大幅度的跳跃。词人一下子从别前跳到别后,略去话别的缠绵和饯行的伤感,笔法极为精练。"休休!这回去也,千万遍阳关,也则难留。"多么深情的语言!阳关,即《阳关曲》。离歌唱了千万遍,终是难留,惜别之情,跃然纸上。

"念武陵人远,烟锁秦楼。"这是两句令人生疑的典故。武陵人的典故有两个,一个是相传汉永平年间,刘晨与阮肇去天台山采药,遇两仙女,邀至家中,食胡麻饭,睡前行夫妇之礼,半载返家,子孙已过数代。后重返天台山寻访仙女,行迹渺然。

还有一个是陶渊明《桃花源记》中的武陵人迷途误入桃花源的故事。李清照在这里所指到底是什么,难有定论。如果是前一个意思,那就做实了赵明诚有小妾的事实;如果是后者,那只能说明李清照担心赵明诚走得太远,她担心赵明诚像"武陵人"一样消失在迷蒙的雾霭之中,却将她一个人留在烟雾淹没的秦楼之中。行文至此，主题似已完成了，而结尾三句又使情思荡漾无边，留有不尽意味。凝眸处，怎么会又添一段新愁呢？从今而后，山高路远，枉自凝眸，其愁将与日俱增，愈发无从排遣了。

  这首词虽用了两个典故，但总体上未脱清照"以浅俗之语，发清新之思"的格调。全词层层深入地渲染了离愁别念，以"慵"点染，"瘦"形容，"念"深化，"痴"烘托，逐步写出不断加深的离愁别苦，感人至深。

蝶恋花·暖雨晴风初破冻

暖雨晴风初破冻,
柳眼梅腮,已觉春心动。
酒意诗情谁与共?
泪融残粉花钿重。

乍试夹衫金缕缝,
山枕斜欹,枕损钗头凤。
独抱浓愁无好梦,
夜阑犹剪灯花弄。

和风暖雨,大地上的冰雪慢慢融化。

柳枝发新芽,梅花绽放,已经感觉到春天将近了。

这样的时刻又有谁能与我一起烹茶、读书、煮酒、论诗呢?

每每想起过去的日子,我的眼泪便止不住地往下流,将脸上的脂粉都哭得斑驳稀疏了。

就连头上所戴的些许首饰，也觉得格外沉重起来。

刚刚试穿了金丝缝成的夹衫，慵懒地斜靠在枕头上，只把那头钗压坏也难以顾及。

独自一个人心里装满了说不出来的烦恼和苦闷，纵然躺在床上，又怎能做得好梦？

一直到了夜深人静的时候，我还在无聊地剪弄着灯花，一点睡意都没有。

这首词作于宣和三年（1121），其时赵明诚被重新起用，任莱州太守。

自18岁嫁与赵明诚，至今已有21个年头，其间历经了分合离散，最终她还是回到了他的身边。而他的心，却并不如她那般坚定不移。他将之放任其外，渐渐地开始不为她所懂得。

这世事的无常变幻，她不是不懂得，也并非不能理解。她只是，仍旧无法说服自己去接受。在她的心里，他仍旧是那年那月，莽撞地闯入她平静世界的翩翩少年，任由这般岁月无情地洗礼，那些悸动的情意却仍旧被她视为信仰一般珍惜，新鲜如初。

而他呢？似乎已经渐行渐远，让她几乎看不到那远去的背影，听不到那召唤的声音。

南宋翟耆年撰写的金石专著《籀史》里面提到，赵明诚文物收藏非常丰富，但"无子能保其遗余，每为之叹息也"。可见赵明诚对他们没有子女，虽嘴上不说，心里却是介意的。这也同样是易安心里的一道暗伤。她清楚，他不会因此离开自己，但他们之间的距离却在慢慢地拉开。这是他们两个人之间的一道不能捅破的禁忌。

但是赵明诚也有过其他女人啊，为什么也没有一男半女呢？那他们没有子女的原因出在哪里，我们基本能够知道了。或许赵明诚自己也很清楚。

然而在这场近乎冷战的困局中，似乎沉默才是她眼下最有力的武器，也只有沉默才能避免更大的牺牲。于是，她重新拿起曾经倾注两个人心血的《金石录》，也许这本书才是他们唯一的孩子，是他们爱的延续和传承。她慢慢展开，慢慢赏玩，慢慢回忆，慢慢抚摸，如同抚摸自己的孩子。

"暖日晴风初破冻，柳眼梅腮，已觉春心动。"词人放眼室外，由春景落笔。但见初春时节，春风化雨，和暖怡人，大地复苏。嫩柳初长，如媚眼微开；艳梅盛开，似香腮红透：到处是一派春日融融的景象。词人以其独具的才情、细腻的情感，以及对外部世界敏锐的感悟、强烈的关注，常有出人意表之想。表现在词作里，就是经常慧心独照，发人所未发，见人所未见。

"酒意诗情谁与共？泪融残粉花钿重。"女词人的细腻、敏感的思绪与感悟进一步强化。面对如此大好春光，自然便联想到自己独处深闺，孤栖寂寞，这与往日和丈夫赵明诚一齐把玩金石、烹茗煮酒、赏析诗文的温馨气氛形成强烈反差。一个"谁与共"，道出此刻词人内心的苦涩。紧接着，词人用一个细节来进一步形容自己内心的苦涩——泪水流淌，脸庞上的香粉为之消融，心情沉重，以至觉得头上戴的花钿也是沉甸甸的。

"乍试夹衫金缕缝，山枕斜欹，枕损钗头凤。"春暖天晴，春装初试，然而词人却足不出户，没有去观赏那美好的春景，而是斜倚在山枕上，把精美的钗头凤都给压坏了。

"独抱浓愁无好梦，夜阑犹剪灯花弄。"愁本无形，却言"抱"，可见此愁对其来说有多"浓"，多重，更何况是"独抱"，此情更是难堪。"无好梦"，是说现实很寂寞无聊，想在梦中去寻求慰藉，但却始终无法进入梦乡，直至夜阑人静之时，仍剪弄灯花，以排遣愁怀。"犹"字写活了词人百无聊赖的情态。此外，剪弄灯火，这两句写得极为细致、生动，看似毫不经意，如叙写生活本身，实是几经磨炼，没有生活经历和深厚的艺术功力是无法写就的。传说灯芯结花是喜事临门的预兆，词人通过这一情态的描写，含蓄地表达盼望夫君归来的心情，看似清闲，实寄深情。苏轼说："言有尽而意无穷者，天下之至言也。"这一句便做到了。

词人把春天人格化，通过人物活动细节描写，表现自己的离愁别绪和无限凄寂之情。"愿得一心人,白首不相离",这是每一个女人的一生所愿,李清照也不例外,然而她终究是失望了。

蝶恋花·晚止昌乐馆寄姊妹

泪湿罗衣脂粉满,
四叠阳关,唱到千千遍。
人道山长山又断,
萧萧微雨闻孤馆。

惜别伤离方寸乱,
忘了临行,酒盏深和浅。
好把音书凭过雁,
东莱不似蓬莱远。

丝绸的薄衫被泪水浸湿,脸上的脂粉也和在泪水中,沾满衣衫。

想到送别时家中亲人将那《阳关曲》唱了一遍又一遍。

而今身在异乡,望莱州山长水远。

寄宿驿馆,秋雨潇潇,不禁感到无限凄清。

被离情别绪搅得心乱如麻,竟不知饯行宴上酒杯斟得是浅还是满。

如今已分隔两地，只好靠鸿雁来传递书信。

好在东莱不像蓬莱仙山那样遥远缥缈，可望而不可即，希望姊妹们有机会过来再陪我共度美好生活。

元代于元的《翰墨大全》中曾说这首词原有一序，记述这是词人在宿昌乐驿馆时，寄青州姊妹所作，故有"萧萧微雨闻孤馆"一句。时间应在宣和三年七月底八月初。表达她希望姐妹寄书东莱、互相联系的深厚感情。

李清照到达莱州后，和赵明诚之间曾经疏离的关系终于得以渐渐修复。此后时间，二人便又回到屏居青州时期的平静。赵明诚更于此间先后得了诸多珍贵的金石文刻，于是二人更加兴味盎然地醉心于那些金石字帖的研究整理之中。

李清照在《金石录后序》中便记叙了在莱州时候的往事。赵明诚每天于公务完毕后，待到下属散去，就在莱州静治堂（州衙后堂）认真仔细地校勘《金石录》。

他每整理好一卷，就束上淡青色缥带，十卷束为一帙。

李清照一直伴随于旁，赵明诚需要检索的资料、查寻的典故，恰是李清照的强项，所以李清照成了他最得力的助手。

平静的日子又回来了，易安心生欢喜。此前对他的怨怼，也暂时消失得无影无踪了。

于是，她这段时间也就没有什么伤怀之作问世。三年后，赵明诚任淄州太守，李清照继续随任。淄州本是齐国的故都，民间到处散落着各种文物，赵明诚在这里遍寻珍宝。有一次，他寻访到淄州邢家村一个叫作邢有嘉的人，邢家人听说赵明诚来访十分激动，因为他在当时的名气一点不亚于现在的马未都。于是他便热情地邀请赵明诚到自己家中，又慷慨地将家藏数世的稀世珍宝拿出来，请他品鉴。赵明诚在这么多珍品中，竟然发现有一幅白居易手书的《楞严经》，他掩饰不住自己的兴奋之情，当时的第一个念头便是要在第一时间让妻子知道这个天大的喜讯。

陶渊明曾有诗云："奇文共欣赏，疑义相与析。"而此时，赵明诚唯一想要共同分享的人，只有发妻李清照。

他当即重金买下这幅作品，骑上马，一路疾奔，等到回到府衙时，天时已过二更。他冲进内室，叫醒清照，挑灯赏宝。李清照见此物，也是惊喜万分，夫妻二人便连夜于灯下赏读，狂喜不已。两根蜡烛都点完了，还是不想睡，于是用笔在蜡烛上画了一个记号，约定烧到这里必须睡觉。

这般美好和谐的时光啊，似乎又回到了过去，青州十多年他们曾经也是这么同心同意、心灵相通啊。

"人生得一知己足矣，斯世当以同怀视之。"赵明诚应该是世界上最幸运的男人了，或许那一刻他还并未有这个意识，但时过近千年，却没有人能否认他的这份福气。

这一年，重新回归清心净性生活的赵明诚，于官场上也重新拾起了旧日的英气。当时淄州境内有一些从宋金战场中溃散流落而来的散兵游勇，经常滋生事端，骚扰民众。于是，赵明诚便组织了一支"维和部队"，对这些流兵进行镇压，保卫地方民众的安宁，因而获得朝廷的赏识。那个正气凛然、英气勃发的赵明诚再一次回到了眼前，李清照为此深感宽慰、欣喜。

这首词是李清照泪别自己青州姊妹前往莱州的途中而

作。这些姊妹应该是赵明诚的姐姐和妹妹以及李清照在青州的邻居闺蜜们。李清照此时为什么如此激动,如此感伤呢?一方面是与姊妹之间的情感很深,另一方面也是对过去辛酸日子的回顾,所以止不住地百感交集,热泪盈眶。泪湿了衣服,乃至脸上的胭脂妆容都化开了。词作开头,词人便直接表露出了难分难舍的情感。四叠阳关唱了几千遍,但还不足以形容自己内心对妹妹的万种离情。"千千遍"则以夸张手法,极力渲染离别场面之难舍。"人道山长山又断,萧萧微雨闻孤馆。"此行路途遥远,而自己已经到了"山断"之处,离姐妹们更加遥远了,加上有潇潇微雨,自己又是独处孤馆,更是愁上加愁。

"惜别伤离方寸乱,忘了临行,酒盏深和浅。"自己在临别之际,由于极度伤感,心绪不宁,以致在饯别宴席上喝了多少杯酒、酒杯的深浅,也没有印象。词人以这一细节,真切形象地展现了当时难别的心境。"好把音书凭过雁,东莱不似蓬莱远。"词人安慰姊妹们,东莱并不像蓬莱那么遥远,只要鱼雁频传,音讯常通,姊妹们还是如同在一起。至此，表现的已不仅仅是离情别绪，更是词人与姊妹间深挚感人的骨肉手足之情。

这是一首开阖纵横的小令，王维的"劝君更尽一杯酒，西出阳关无故人"，到了李清照的笔下变成"四叠阳关，唱到千千遍"的激情，极夸张，却又极亲切、真挚。整首词写惜别心情，一层比一层深入，但煞拍"好把音书凭过雁，东莱不似蓬莱远"，出人意料地作宽慰语，能放能收。小令词能用这种变化莫测的手法是很不容易的，这就是所谓"善方情者不尽情"。

下卷

覆巢之后的悲哀

李清照作为一位集美貌与才华于一身的官宦子女、名门闺秀、宰相儿媳，她的一生，即便做不到金镶玉裹、尊贵显达，但也至少是衣食无忧、悠闲安逸吧，在那个年代有谁会将她的命运与"悲凉"二字联系到一起呢？然而任何个人的命运在一个大时代的前面，都微小得如一粒微尘，覆巢之下，哪一只雏鸟能逃得掉这令人战栗的寒风？在一个王朝没落时，李清照自然也不能幸免于难。正是一次时代的大变革，造成了她前后两个时期境遇的大相径庭，从而形成了她前后两个时期不同作品风格的分水岭。

大宋王朝由盛而衰究竟是历史的必然，还是时代的偶然呢？历代学者见仁见智，众说纷纭，莫衷一是。也许是偶然中有必然，必然中亦有偶然。在这里，请允许我们花费点笔墨，较系统地叙述一下北宋由盛而亡的历史过程。

有人认为大宋王朝的孱弱是由太祖在设置国家制度时，重文轻武，加之国防空虚造成的；有人说大宋的衰落是王安石变法方法失当，导致社会阶层分裂、党争激烈、内耗巨大造成的。上述原因有没有一定道理呢？不能说一点道理都没有，但我们认为，以上都不是主要原因，一个国正如一个家，再大的家业都经不起一代败家子的挥霍。而北宋的这位败家子便是那位大名鼎鼎的风流天子宋徽宗。

公元1110年2月，年仅24岁的宋哲宗赵煦驾崩，这一突发的历史事件，改写了大宋王朝的命运。由于哲宗没有儿子，皇位的继承人必须从哲宗兄弟中选择。一般情况下，古代皇位的继承是遵守"有嫡立嫡，无嫡立长"的原则的。而在兄弟中选择，那要看血缘的远近，即选择上任皇帝的同母兄弟。无论以长幼的方案来选，还是以血缘的方案来选,原则上皇帝这个位置跟端王赵佶都是没有任何关系的。因为神宗一共有14子,端王赵佶为第11子,至哲宗去世,赵佶尚有兄弟5人在世。他前面有九哥陈王赵佖比他年长,后面有十三弟简王赵似是哲宗同母兄弟,从血缘上比赵佶更有优势。

然而由于神宗的皇后向太后与哲宗的皇妃朱太妃婆媳之间关系不睦,向太后力排众议,排挤了简王赵似。加上陈王赵佖有一只眼睛有残疾,从形象上达不到向太后的要求——泱泱大国,哪能选一个有残疾的君主呢?于是在她的干预下,否决了前面的两个继位候选人,而是拥立风流倜傥、才华横溢的端王赵佶为皇帝。向太后哪里知道,她对外貌的要求给大宋江山埋下了多大的一颗地雷呀!

唉!细读那规规矩矩的历史,看上去好像是经过了深远的谋划,其实满布着心血来潮的冲动。明朝有本书叫《良斋杂说》,里面说赵佶是南唐后主李煜投胎转世的,因为他的生平经历和李煜极为相似:同样是具有极高的艺术修养,也同样是意外地做上了皇帝,最后又都亡国被俘客死他乡。宋徽宗笔墨丹青、琴棋诗画样样精通,这些东西都被他玩到了极致,纵观古今文艺大家,宋徽宗的书画水平基本上都处于第一梯队。常言道:男怕入错行,女怕嫁错郎。赵佶和李煜一样入错行了,如果他们不选择做帝王,这两个人都应该在文艺的帝国里流芳千古,哪承想他们"跨界"发展,演砸了自己人生的这部大戏。客观地说,宋徽宗即位之初,也确实是一个充满着理想与抱负的皇帝。他登基后,为了感谢向太后,就请求向太后出来垂帘听政,对此向太后是非常欣慰——不愧是自己一手选的好皇帝,心还是向着她的——于是向太后也出来过了把掌权的瘾。向太后是个保守派,她在执政期间把之前那些旧党人又提拔上来了。这样,朝堂上又是新旧两党共存,吵得是不可开交。不过向太后这个人对权力欲望没那么强烈,所以垂帘听政了半年就还政了,到了第二年就去世了。这个时候的国家其实发展得比较稳定,也没那么多操心的事情。

宋徽宗亲政后,还是有着相当的魄力和担当的。登基后不久,就发生了几起案件,比如内宫纵火案、白鄂奏事案、蔡王府狱案等，连续多起案件，矛头直指朱太妃和蔡王（即原简王）赵似。照常理，面对政敌，徽宗想找他们的茬尚且唯恐不及呢，现在多起案件都指向他们，所有人都以为蔡王将面临一场大难。然而宋徽宗对这几起事务的处理都是点到为止，不牵连，不扩大，体现出了一个帝王宽广的胸怀。徽宗因此威望大增，当时人均称徽宗仁义。朱太妃死后，蔡王失去了最后的依靠，此后便安于享乐，不再有任何幻想了。

徽宗在处理后宫内务上采取了怀柔策略，而在处理朝廷事务上，却非常果断、干练。比如对蔡王赵似的支持者——宰相章惇，先是派他任山陵使，架空他的权力。然后又以安放先帝灵柩失职事件为借口，严厉地处罚章惇，拔掉威胁自己的钉子，巩固了自己的政权。一切稳定以后，宋徽宗便要励精图治，施展自己的抱负了。

首先，他提出唯才是举，清除派系的纷争，只要有能力者一律重用。第二便是广开言路，察纳忠言。徽宗曾鼓励大臣进言说："其言可用，朕则有赏，言而失，朕不加罪。"一时间朝野上下，一片勃勃生机。在哲宗以前，为了减轻皇帝的工作负担，朝廷设立了一个编类臣僚章疏局，把大臣们的奏章分门别类，从长篇奏章中，摘录最紧要的内容呈报给皇帝。这样一来就有一个弊端，容易泄密，也容易在摘录的时候更改奏章的原意，皇帝很容易受到蒙蔽，所以谏官们在吃了多次亏以后，都不敢说实话、说真话。徽宗亲政后，立即裁撤了编类臣僚章疏局，自己直接看所有奏章的原稿。虽然自己的工作量大了，但却看到了臣僚们的本意，从而极大地鼓励了大臣们上疏直言的信心。

有一个大臣叫张商英，力劝徽宗要节俭自律，不能贪图享乐，徽宗认为很有道理。有一次徽宗发现一座平楼实在太破旧，便想装修一下，已经开始动工了，突然想起张商英的话，于是对工匠们说，朕修葺这个小楼实在是瞒着张商英大人的，你们在施工的时候如果发现张大人过来，赶紧停工，躲起来，别让他看到，否则我就修不成了。

另外他屡次颁布征求直言的诏令，广开言路，平反冤狱，贬窜奸佞，选贤任能，大有成为一个中兴天子的气象。

有一次，大臣江公望见徽宗回宫后，成天沉迷在鸟舍里，认为他会"玩物丧志"，执意要求他把鸟放了，不得再养。徽宗思考再三，尽管舍不得，但还是一只不剩地把所有珍禽异鸟放走了。

有一个言官叫陈禾，工作不错，徽宗就准备将他升为给事中。但升到这个职位后，他就没有给皇帝提意见的机会了呀，于是他决定在上任前一天，最后一次履行自己进言的权利。陈禾不满皇帝重用宦官干预朝政，于是找皇帝当面讨论。宋徽宗耐心地听了一个上午，可是已经到饭点了陈禾依然没有说完的意思，而宋徽宗此时已经饿得受不了了，便提议先吃饭改天再继续讨论。谁料这位陈大人是个直性子，扯着皇帝的衣服不让走，不小心扯断了龙袍，宋徽宗此时已经有点生气了，说道："爱卿扯破朕的衣服了。"陈禾则从容说道："陛下都不可惜龙袍被扯碎，难道臣还会吝啬性命来报答陛下吗？"此时的宋徽宗一改怒容，和气道："朕有你这样尽责的臣子，还有什么可忧虑的。"可见这个时候的徽宗对自己的行为还是具有一个人主的自律性和顾忌心的。此时整个朝廷党争平息，众志成城，政治清明，一片欣欣向荣的气象。

行文至此，笔者又是一声长叹，如果所有的事情按照这样的剧本发展下去，大宋王朝会不会迎来又一次中兴呢？笔者认为这应该是一件大概率的事，至少不至于亡国吧。然而这位天才的艺术家，演着演着就把剧本给改了。

曾经有人跟笔者讨论如何教育孩子，笔者说把握一个底线，至少别让孩子学坏。对方问，如何才能知道他学坏呢？笔者说，看他结交的朋友啊，他身边如果坏人多，那他一定会学坏。对方又问，什么样的人才叫坏人呢？笔者脱口而出，那些成天游手好闲的，身上描龙画凤的人，便是坏人。现在想想笔者这个定义，实在是太肤浅、太天真。

如果有一个人，名牌大学毕业，才华横溢，仪表堂堂，职务高，薪水多，工作勤勤恳恳，能力全国一流，他的学问和业绩都是世人崇拜的楷模，请问这样的人是好人还是坏人呢？毫无疑问，没有人会怀疑这个人的优秀，所有人都希望自己的孩子能够成为这样优秀的人才。然而这样的好人一旦坏起来可真是坏得惊天动地。宋徽宗便遇到了这样的"好坏人"。

做皇帝和普通人不同,普通人有点小爱好是一种闲情逸致,而帝王若有什么爱好,便是不务正业了,尤其是艺术爱好,很容易自己沉迷其中并渐渐带领国家走向歧途。宋徽宗平生最大的爱好便是书画,他稳定了政局后,便开始贪恋起这门爱好了。为了寻找到心爱的字画,他在杭州设立了一个明金局,并派自己的亲信太监童贯为供奉官遍访江南,专门搜罗古玩字画、奇珍精巧之物。"于千万人之中遇见你所遇见的人,于千万年之中,时间的无涯的荒野里,没有早一步,也没有晚一步,刚巧赶上了。"童贯和蔡京的相遇或许就是这么机巧和笃定。

如果单纯地从才学和能力方面来说,我们不得不承认蔡京是一个优秀的人才。熙宁三年,蔡京考中进士,以当年科举考试第九名的成绩及第。蔡家是福建莆田的名门望族,一门七进士,父子三探花,他的堂弟蔡襄在古代书法家中也是赫赫有名。蔡京的八个儿子里有六个都是学士,此外还有五个孙子也是学士。蔡京与童贯的相逢，注定他们会有一次历史性的大突破。因为蔡京的短板正是童贯的强项，而童贯的短板也是蔡京的强项，所以他们都很需要平台互换，资源共享。蔡京这个人的最大特点就是具有极高的艺术天赋。他书法水平高超，与苏轼、黄庭坚、米芾并称为"北宋四大家"。而童贯只是一个粗通文墨的太监，蔡京的强项正好弥补上了童贯的短板。而蔡京因受章惇的影响被撤官职，隐居杭州，郁郁寡欢，度日如年，正需要童贯这样的人向皇帝引荐。

童贯虽然是受皇帝的委托前来江南寻宝，但他资质平平，粗通文墨，哪有鉴定文物优劣的能力呢？但这个方面蔡京可是内行啊，他不但自己的字写得好，对艺术品的品鉴更是独具慧眼。于是两人相见恨晚，一拍即合。蔡京倾其所能为童贯提供专业的咨询服务，所以童贯每每上供的文物都甚得徽宗的满意。

于是童贯借机便向徽宗举荐了蔡京，终于使蔡京重新被起用，先是知定州，不到一个月，立即改任知大名府。

就这样，一个"蔡童联盟"的阵线便正式形成了，从此这二位便领着大宋王朝的国运朝着堕落的深渊飞流直下，一去不还。

蔡京任大名知府不久，便遇上一个机会。此时朝廷上两位宰相韩忠彦与曾布不和，曾布便谋划荐举蔡京以自助，于是命起居舍人邓洵武做了《爱莫助之图》献给宋徽宗，并借此举荐蔡京。宋徽宗早已被左右的迷魂汤灌醉了，决定重用蔡京。韩忠彦被罢相，蔡京担任尚书左丞。不久，又取代曾布为右仆射。诏命传下那天，宋徽宗在延和殿召见他，赐座，对他说："神宗创法立制，先帝继承，两遭变更，国家大计还未确定。朕想继承父兄的遗志，卿有何指教？"蔡京叩头谢恩，表示愿效死力。于是打击元祐党人、重启新法的运动便轰轰烈烈地展开了。

这场运动对李格非及李清照的影响我们前文已经讲述过，这里不再赘述。蔡京借助这次运动，清除异己，培植亲信，逐步巩固自己的地位。皇帝有了蔡京为相更是得心应手，想要做什么事几乎无所不能。蔡京有了皇帝，更可以一手遮天，弄权天下。我们来看看蔡大人是如何把一个好端端的皇帝忽悠成亡国之君的吧。

大宋自立国后，从太祖赵匡胤起，一直提倡简约节俭，不得靡费。所以历代皇帝都很自律，不违这个祖制。自王安石变法后，大宋国库日益充实，宋徽宗眼见着大把的银子却不能随心所欲地花，心里不免有点痒痒。

有一次皇宫设宴，摆出了几件玉杯玉碗，宋徽宗本来有点遮遮掩掩，因为先帝们都很节俭，这些玉器都藏在了内务府不敢拿出来用，现在我把它摆出来，要是被言官弹劾怎么办？

这时候蔡京又站出来说话了，他说，臣当年在辽国赴宴时，辽国皇帝用的就是这样的玉杯玉碗，他们还得意扬扬地问我，你们大宋皇帝用得起这个吗？皇上，如果您不用，我们大宋不就被番邦比下去了吗？

为了寻找到让皇帝花钱的理论根据，蔡京曲解了《易经》中的一句话，叫"丰亨豫大"，意思是太平时候，作为皇帝一定要学会享乐，善于享乐，否则就会违背天意，反而对国家不利。

花钱越多才越能证明国家实力雄厚，这样才能震慑番邦；如果皇帝花钱小家子气，那是在给国家丢人。蔡京还提出一条"惟王不会"的理论，他说，天下的所有人花钱都需要盘算着用，要量入而出，要有计划，只有皇上您可不能这么盘算。皇上是代表国家的，如果皇上花钱都束手束脚的，那整个国家缺乏一种富足安康的大国气象，被天下人知道了，老百姓以为他们也将面临灾难，民心不稳，不利于国家和平与安定。

哎呀，这两记马屁拍到了徽宗最痒痒的位置上了，他这个舒坦劲无以言表。他的奢侈淫乐终于找到了理论依据，从此以后他大把花钱，再也不用遮遮掩掩地怕被弹劾，再也不需要顾忌祖宗的制度，可以心安理得地接受一切奢侈糜烂的生活。这极大地推动了整个大宋王朝的奢靡之风。

宋徽宗对蔡京之器重，不仅仅是他拍马屁的功夫好。他重用蔡京还有一个重要原因，那就是他们在艺术领域趣味相投。

然而你要是以为蔡京的得宠是靠拍马屁和艺术特长吸引了宋徽宗，那可真是小看了蔡京。前面这两道菜只是蔡京送给徽宗的两道开胃小菜而已，真正能牢牢牵制住徽宗的是他雷厉风行、无人能及的行政能力和政治魄力。

当时有一个官员叫侯蒙，他评价蔡京说："使京正其心术，虽古贤相何以加？"意思是，如果蔡京这个人是一个正派人物，他的能力不输给古代任何一个贤相。侯蒙是与蔡京共过事的，对蔡京非常了解，他作为蔡京的政治对手，却对蔡的行政能力给予这么高的评价，可见其人的能力确实算得上出类拔萃了。

蔡京的行政能力早在哲宗时代就已经体现出来了。当年元祐党上台，司马光为宰相，向所有官员提出五天之内立即纠正王安石的免役法。政令一出，全体官员一致慌乱，不知所措。唯有蔡京一人在五天内让自己辖区内纠正了免役法，而且上司过去考核，没有任何瑕疵。可见蔡京驭人、办事的能力有多强。

一个人的能力越强，一旦做起坏事来也就越可怕。蔡京执掌相印后，一朝得志，便疯狂揽权，薅天下羊毛。为了掌握大权，钳制天子，他在尚书省设讲议司，自任提举，用他的党羽吴居厚、王汉之等十余人为僚属，重要的国事，如宗室、冗官、国用、商旅、盐泽、赋调、尹牧，每事均由他三人负责。所有决策，都出自讲议司。他还取消科举制，几乎所有官员的提拔、任命均由他一人决断。这一方面有利于自己培植亲信，另一方面更是为了卖官鬻爵，满足私人贪欲。

过去，国家设有专用的盐钞作为食盐流通的凭证。蔡京为了搜刮这些盐商，突然废除了以前的所有盐钞，重新颁发新的盐钞，百姓买盐、盐商们经营盐业都必须重新购置新的盐钞。很多盐商大贾曾拥有数十万甚至百万缗盐钞，一夜间化为乌有，很多人因此倾家荡产，沦为乞丐，更有甚者直接就跳水或上吊而死了。

蔡京改革的敛财效果是十分显著的。以盐法为例，过去国家每日所征税款不到二万缗，到蔡京时一天要收入五万缗以上，政和六年课盐税达四千多万贯。茶法也是如此，以前每年茶税也不过二百万缗，蔡京上台后，每年都能达到五百万贯以上。

蔡京不惜以国家的信誉为代价，搜刮天下，取悦徽宗，宫中费用和国家财政捆绑在一起，满足徽宗骄奢淫逸的生活。为了满足皇上喜欢各种奇花异石的癖好，蔡京首创了一种花石纲的税制。"纲"意即一个运输团队，往往是十艘船称一"纲"。当时指挥花石纲的有杭州"造作局"、苏州"应奉局"等，蔡京借皇上之名对东南地区的珍奇文物进行搜刮。由于花石船队所过之处，当地的百姓要供应钱谷和民役，有的地方甚至为了让船队通过而拆毁桥梁，凿坏城郭，这让江南百姓苦不堪言。

现在我们来了解一下在蔡京的怂恿下宋徽宗的腐化生活糜烂到什么程度吧。我们先来看看他的日常生活。宋太祖开国时，后宫人数有多少呢，嫔妃和宫女200多人，太监50来人。我们来看看宋徽宗的后宫阵容。《建康外史》记载，宋徽宗后宫嫔妃和宫女超过10000人，太监就有约2000人。这么大的阵容，要建多少宫殿来容纳？每年要花费多少钱来供养？无法统计。

宋徽宗喜欢江南风格的宫殿，在宫殿里种上江南的花木，假山水榭间饲养着各式江南珍禽，每到这些园林里，禽欢鸟鸣，不绝于耳，宋徽宗自称这真是人间仙境啊。

至于他平时居住的宫殿则更豪华了。大文豪苏东坡有一个儿子叫苏叔党，是一个知名画家。他曾经应召到徽宗住处去作画，他去的时候是夏天，正是一年当中最炎热的时间，但是他到了徽宗居室，不仅不感到热，而且还冷得瑟瑟发抖，因为这里堆满了冰块，都是冬天从河里凿出来储藏到冰窖里的。每一个房间里都有雕金镂彩的香炉在焚烧着龙涎香、沉香等名贵香料。苏叔党对人介绍说："俯仰之间，不可名状。"苏叔党可是当时的社会名流，经常出入于达官贵人的府邸，不是一个没见过世面的人，什么样的豪宅庭院他没见过？但是到了宋徽宗这里依然像刘姥姥进大观园一般，完全被这里的豪华程度所震惊了。

徽宗喜欢玩乐、热闹，每逢节庆，他都会搞一些活动来娱乐一下，哪怕没有节日他也能创造出一个节日出来。

宋徽宗生日本应该是五月五日，但是算命先生说这一天是屈原投江的日子，不吉利，于是徽宗便把生日改为十月十日，号称"天宁节"，就是天下太平的意思，并下旨全国上下统一隆重庆贺，所有开支由当时的官府承担。

在京城里那就搞得更大了。他大宴群臣，为了体面，他不惜挥金如土，吃喝的丰盛程度我们无从了解，肯定极尽奢华，单就那些餐具就让人瞠目，官职高的进大殿用餐，所有餐具均为纯金的；级别稍低点的，在两侧的长廊上用餐，所有餐具均为纯银的；级别再低的，在大殿前的广场上用餐，所有餐具均为上等瓷器。接待官员、随从加上宫里的人员，总数一万多人，这比今天的国宴盛大多了呀，这一顿饭的开支得花费多少钱我们无法统计，由于见识太少，我们也不敢想象。据说蔡京吃一顿包子的费用抵得上40户中等收入人家一年的生活开支，徽宗这一顿豪宴要花多少钱？各位自己去想象吧。

每年进入腊日就要为正月十五元宵节做准备，整个御街被装点得灯火璀璨，金碧辉煌。元宵节时徽宗会带着文武百官、嫔妃皇子等一行登上宣德楼，观看花灯和文艺演出，美其名曰与民同乐。在观看到高兴的时候，他就命令卫侍抬来一筐筐金银铜钱，然后向城楼下观灯、看戏的人群里撒落下去，看着老百姓们疯狂抢钱的场面，宋徽宗兴奋异常。笔者始终想不通，宋徽宗的这种行为到底是施恩于民，收买人心，还是土豪炫富，激发民愤呢？这件事在《东京梦华录》《宣和遗事》等典籍里都有记载。

然而这些事在宋徽宗眼里还不是花钱的大手笔，他真正的大手笔很多，我们这里只取一两件来简述一下。一个是强行征集花石纲。宋徽宗是一名天才的画家，他的审美是有别于普通人的，其中有一个爱好就是特别喜欢奇形怪状的石头。一开始只是派几个人到江南收集一些，后来在蔡京等人的刻意逢迎下，在各地官员的积极响应下，这个事就折腾得越来越大，风气越演越烈。在安徽灵璧发现了一个花石，高20多丈，当地官员派民工们把这块花石运到东京以后，发现城门太小，进不去。官府为了把这块石头完整地送到徽宗面前，一声令下，硬是把城门拆掉，石头运进去以后再重修城门。

还有一次为了运送一块巨大的太湖花石,这块石头倒不是很高,但是很粗,要一百多个人手拉手才能围上一圈。这么大的石头,起吊、运输可不是一件容易的事,根本没有现成的车或船可以装载,于是聪明的官员们创造性地为这块石头量身定制了一艘巨大的船,通过运河把这块石头运到东京。用完后,一艘耗巨资建造的"航母"便被随随便便地废弃在汴河边上无人问津了。

为了讨好皇上,官府不惜拆毁人家庭院,强行抢劫老百姓家的花石;还有一次官员们看中了一个老百姓家的古树,甚至冒着挖人祖坟的罪恶来获取这些无聊的玩物。类似的事不知道发生过多少,花石纲一直延续了近20年,最后终于民怨鼎沸,酿成了一场波及全国的声势浩大的方腊起义。

另一个是劳民伤财修"艮岳"。我们今天常常为圆明园的壮观感到赞叹,但是圆明园在宋徽宗的"艮岳"面前真是小巫见大巫了。"艮岳"是宋徽宗和蔡京这两个杰出的艺术家联合创造的一个园林。

徽宗即位后，后宫嫔妃连续生了好几个公主，一直没有皇子，于是便请一个茅山道士刘混康来看看皇城的风水。刘道士一看，说汴梁城外的东北方地势太过平坦，如若把地势加高，皇帝必是子嗣繁茂。于是徽宗便命人把一块平地硬生生堆成了一座土山，当时人称"万岁山"。没想到还真灵，皇宫里还真的接二连三增加了几个皇子。

刚竣工的"万岁山"只不过是光秃秃的两个大土丘，在赵佶眼里是个半成品，离自己理想中的成品还相差甚远。于是蔡京先是搞绿化，他把各种能找到的奇花异草、珍奇树木都移植到了山上。一时之间，"万岁山"上是绿树成荫、百花齐放。

这项工程后来越搞越大，规格越做越高，绵延了十多平方千米，除了正常的花台、禽鸟以外，蔡京开始了最复杂的水利建设。

蔡京先是命人在山中挖了一个人工湖，然后通过人力注水的方式把湖装满水。至今笔者也无法想象，用人力从山下取水抬上山，然后一桶桶地把一个湖填满是一番怎样的情景。为了能让一潭死水变活，蔡京竟然在山上造了一条瀑布；瀑布与湖相接，中间建有闸门，只要皇帝上山游玩就命人开闸放水，湖水化作瀑布从天而降，景象极为壮观。壮观之后，继续人力把湖水填满，周而复始。

现在，山上景有了，水也有了，山上遍布奇石异树。在这意境的营造上，蔡京可谓挖空心思，煞费苦心。为了能营造出云雾缥缈的仙境的感觉，他让太监们每天清晨用特质的油布袋收集晨雾，等需要的时候放出来。就这样，耗费了无数的人力物力，经过蔡京精心打造的"万岁山"从一座土山变成了人间仙境。可惜这座"万岁山"建好没几年就发生了"靖康之变"，这座耗费巨资建造的园林毁于战火。

皇帝生活在声色犬马、纸醉金迷的梦幻生活之中，在各方面炫耀着自己的富有，整个国家连皇帝都这样做了，这就助长了不正之风，大臣们也纷纷效仿，开始建豪华别墅，生活作风极其奢侈糜烂。而这些费用无一例外地会转嫁到老百姓的头上。

我们来看看蔡京本人是如何享受荣华的吧。史料记载，蔡京在汴京内外的土地有几十万亩。光在汴京城里他的豪宅就有六七处，而且每一处豪宅里的亭台楼阁的豪华程度，都不亚于皇宫。

我们以他的饮食为例，看看蔡京的生活是如何奢靡的吧。据说蔡京非常喜欢吃一种食品，叫"盐豉"。这个盐豉可不是豆子做的豉，而是用盐水卤的一种黄雀的胗，也就是黄雀的胃。一个黄雀的胗经腌制以后，跟豆子差不多大，所以蔡京称之为"盐豉"。蔡京一顿约吃三百粒，我们可以算一下，为了满足他的口腹之欲，一年得杀多少只黄雀来供养他。

他吃一顿蟹黄包的花费，相当于40户中等收入人家一年的生活开支。如果不是有史料记载，估计所有人都会质疑，包括笔者也想不通，这一顿蟹黄包凭什么值这么多钱？其实这里的成本并不是蟹黄以及食材有多贵，而是大多数花在了工序上。

据说汴京有一个大户人家买了一个小妾，这个小妾曾经在蔡府的厨房里工作过，主要工作就是做包子。这个老爷就很好奇蔡府的生活，于是对小妾说，你给我做一顿蔡京吃过的包子。这个小妾说："启禀老爷，奴婢不会包包子。"这个老爷非常不解，问道："你不是在蔡府做包子的吗？你怎么不会包包子呢？"小妾答道："禀老爷，奴婢确实是蔡府包子馆的，但包子馆里还分若干班，奴婢是在他的制馅班，而制馅班又分若干组，奴婢在他的配料组，而配料组下面又分若干条块，奴婢只是在他的葱丝这一块。奴婢在蔡府五年，每天的工作只有切葱，其他什么事都没做过，连姜丝、蒜末都不归我管，所以便不会包包子。"听了小妾的话，这位老爷惊得目瞪口呆，没想到蔡京的生活之奢侈远远超出他的想象。我们也由此可知蔡京吃一顿包子要动用多少人力、物力，这一顿包子的成本也就可想而知了。

徽宗与蔡京之间是相互依赖的关系，他们不仅是君臣关系，徽宗还把自己的一个女儿嫁给了蔡京的小儿子，结成了儿女亲家。正常情况下，皇帝是不会轻易去大臣家的，但徽宗去蔡家像溜自家后院一样随便，常常轻车简从就溜到蔡家，而且蔡家只待以亲家礼节，不行君臣之礼。可见他们之间的关系已经铁到什么程度。

宋徽宗在位20多年，前后任用蔡京为相17年。尽管前前后后罢黜蔡京相位四次，但徽宗离了蔡京便如肉身失去灵魂一样，没有蔡京他五味不谐，寝食难安。哪怕蔡京已过八旬，徽宗仍起用他担任相位，直到钦宗即位北宋亡国。

蔡京被称为"六贼之首"，一点都不冤枉啊。如果仅仅是一个蔡京，或许大宋仅仅是鸡飞狗跳而已，还不至于那么快亡国；而再加上一个童贯，大宋这座大厦便真的是神仙在世也扛不住了。下面我们再简述一下童贯祸乱吧。

在讲童贯之前，我们先来看看他是如何创下前无古人后无来者的历史纪录的吧。他是中国历史上掌控军权最大的宦官、获得爵位最高的宦官、第一位代表国家出使的宦官、在汉人政权里唯一开仪府同三司并被册封为王的宦官。

时人称蔡京为公相,称童贯为媪相。媪,妇人的通称。因他是宦官出身,意指其为母相。如此显赫的地位,他是凭什么本事做到的呢?让我们来回顾一下童贯的逆袭之路。

童贯是京都汴梁人,字道夫。童贯年少时因自觉没有读书的禀赋,正常渠道下前途无望,于是自求阉割,成了太监,进了皇宫。

童贯初进皇宫时,拜在了一个大太监李宪的门下。李宪是神宗时期非常得宠的太监,常年在西北边境上担任监军一职,累有战功。童贯跟随着他出生入死,数十次深入西北。这为他后来的人生发展奠定了基础。

史料记载,童贯"彪形燕颔,亦略有髭,瞻视炯炯,不类宦人。项下一片皮骨如铁"。别看童贯长得一副黑旋风似的面孔,但他心思缜密,擅长揣摩皇上的心理。恰逢蔡京被贬在杭州,两人为了讨好皇上,遍访民间奇珍异宝,以此来博得徽宗的欢心。果不其然,徽宗龙颜大悦,再加上二人互相恭维,各自在皇帝面前为对方说好话。后来蔡京为相,童贯因蔡京的吹捧不断得到徽宗更深的信任。

崇宁二年（1103），宰相蔡京竭力唆使徽宗征讨吐蕃，收复青唐一带，并对皇上说童贯曾十次出使陕右，熟悉那五路的情况与各将帅的才能，竭力推荐他为监军。童贯领命而行，来到熙州（今甘肃临洮），与主帅王厚等人调集10万兵马，准备开赴西北。军至湟州（今青海省乐都县南），恰逢京城里一个太乙宫失火，宋徽宗以为是不祥之兆，应免动干戈，于是火速传令给童贯，不让他出兵。怎奈童贯立功心切，看罢手谕便马上折起来塞进靴筒里。王厚问他圣上有什么指示，童贯答："陛下预祝出兵成功。"于是命王厚指挥出击。童贯抗旨出兵，战罢，大败羌人。紧跟着又乘胜追击，占领了惶城、宗哥城、都州、廓州、洮州等地。

事后在军营的庆功会上，童贯对着众将领说："多亏了众位将领齐心协力啦，否则我童贯的人头已经不在项上了。"大家都很疑惑童贯为什么这么说，这时童贯便拿出皇帝的手谕，说："众位将领请看，皇上当时是想让我们停止进攻。我如果按照手谕去办了，我们将来的损失将更大啊，我之所以不告诉大家，是因为打胜了我们全体都受奖赏，打败了我童贯一人杀头而已，不会连累大家的。"众将领一听这话，一致齐刷刷地全部跪倒，感激童监军的仗义。经此一战，童贯便确立了其在西北军中的威望和地位。西北军是整个大宋的精锐和主力啊，童贯在西北军中建立如此高的威信，就等于在整个大宋朝全军中立下了威信。

除此以外，他在西北军中还做了一件事，也深得军心。在这次战役中有一个将领阵亡，这个将领家境非常贫寒，在他死后，他的儿子便流落街头，沦为乞丐。童贯听说这个事情以后，立即派人把这个遗孤寻到，并收为义子，用自己的钱供养这个孩子成长。并且跟所有将领们说，你们的孩子就是我童贯的孩子，任何人只要为国捐躯了，你们的子女都由我童贯负责。这件事在西北军中引起了极大的反响，所有将领唯童贯之命是从，甚至导致西北军非童贯指挥不动的现象。可见童贯收买人心的本事非同一般啊。我们不得不承认这次战役是童贯货真价实的功劳。

第二件功劳也是货真价实的，那就是征西夏党项。西夏党项在吐蕃的西北，当时也是不断地骚扰宋朝。宋徽宗派童贯为监军，会同大将刘法、刘仲武等人出兵了。这一次打了大概有四五年的时间，最后打得西夏罢兵求和，纳款谢罪，以宋朝的胜利而告终。

这次胜利也是很有意义的。因为在此之前，宋朝与西北边境的一些邻国，尤其是辽朝的作战，最后的结局都是以宋朝请求议和，并纳款赔偿才告终。而这一次是西夏要求纳款给宋朝，总体来讲，这算是一场最彻底的胜利。

童贯的第三件战功也是货真价实的，那就是征剿方腊。方腊起义势头很猛，几十万人造反使整个东南为之震动。徽宗任命童贯为江淮荆浙宣抚使，这一次是他挂帅，不是监军，率西北劲旅十五万去征剿方腊。

童贯到了东南，私下里命属下董云以宋徽宗的口气，写了一个"罪己诏"，在罪己诏里表示，朕确实是对天下有些事情失察，造成了老百姓生活上的一些痛苦。征集花石纲这个事，做得确实有点过分了，但是朝廷是付了钱的。

只不过到了下面，贪官污吏把这个钱给扣了，强征暴敛，所以搞得民不聊生。因此，朝廷要重办这些贪官污吏，所有被勒索的钱财，朝廷一定要都退还给百姓。劝告百姓不必起兵造反，造反是杀头的罪，还是回去等着朝廷补偿就是了。

"罪己诏"颁布后，一下就把起义军瓦解了一大部分。剩下的那些人都是方腊的骨干，他再派兵去打就好打多了。从这件事上我们可以看出童贯的政治魄力有多大，这种伪造圣旨的行为，是要杀头的啊，但童贯为了胜利可以不择手段。

征剿方腊的战事打了一年半的时间，全歼方腊义军，斩首十几万，生擒匪首方腊。童贯在这次征剿中有勇有谋，胆魄过人，这个战功也应该真真实实地记到童贯的名下。

童贯的第四项战功水分就太大了，那就是收复燕云。这次非但不能算是他的功，而且应该算是他的罪，因为宋金的纠纷便是在这次联金攻辽的军事合作中埋下了祸根。

燕云十六州本是一个历史遗留的问题，后唐明宗李嗣源驾崩后,其养子李从珂杀掉了太子李从厚,自立为帝。这件事让李嗣源的女婿石敬瑭难以接受,于是便发动政变。没想到他不是李从珂的对手,几个月下来,后唐的军队直逼老巢晋阳,石敬瑭此时已然濒临绝境。

危急之下,石敬瑭便以燕云十六州为代价,换取契丹出兵,打败李从珂,并做了一个不光彩的"儿皇帝"。燕云十六州可以说自古就是农耕文明和游牧民族的兵家必争之地,也是农耕文明抵御游牧民族入侵的主要屏障。一旦此处的屏障丢失,农耕文明的大片平原就无法再阻挡游牧民族的铁骑,同时也再无险可守,中原政权只能用士兵的身体来阻挡游牧民族的骑兵冲击。

大宋自立国以后,多次因这一地区与辽国发生纠纷,但都没能如愿,最后不得已跟辽议和,以纳岁币的方式获得边境的安宁。但这个地区成了宋王朝的心病。

童贯连续多次打了胜仗以后,开始膨胀起来了,认为天底下没有他赢不了的战争。此时他想得到的已经不是赚几个钱,捞点外快了。他想留名千古,流芳百世。于是他向徽宗献计联合金国攻打辽国，收回燕云旧地。此时蔡京虽然已与童贯貌合神离了，但迫于童贯的权势，仍不得不配合。这一次童贯确实做到了千古留名，没想到的却是被万世唾骂的臭名。

天辅四年（1120）宋金之间"海上之盟"订立，一个南北夹击攻辽的战略方案达成。按最初的协议，宋军自雄州（今河北雄县）至白沟（今河北白沟镇）一线攻辽，随后向易州、涿州方向进攻，最后攻取燕山府。但宋军在五月末的数次进攻均被辽军击败，损失惨重。

之后，宋军听闻辽燕王耶律淳病死，再次进攻，结果同样以失败而告终。由此，无力独立收复燕云地区的宋朝，只得向金朝求助，有求于人的宋朝第一次以低姿态出现在金的面前。同年十二月金兵挥戈伐燕，一路高歌猛进，势如破竹。两种状态对比之下，金军突然感到在宋军面前有着前所未有的优越感。这种优越感给后来的宋金之争埋下了隐患。

按照之前的盟约，宋并没有履行自己的义务，金朝自不会将已经得到手的燕云地区拱手相让，宋人只得再次遣使赴金，讨要燕云地区。

还有一件事在宋金之间有着很大的分歧，当初在制定联合行动时的外交文书上写的是胜利以后，宋应收复"燕云故地"，但是由于措辞不够严谨，也造成宋金之间产生分歧。宋认为这个"燕云故地"的概念是指"燕云十六州"的全部地盘，而金人理解为只有幽州（今北京）和云州（今山西大同）这两个地方。

但就算文书上写了这两个地方，人家也不愿意给啊，因为你没有完成自己的既定任务。这下可把童贯急坏了，不但以国家的信誉撕毁了宋辽之间的盟约，投入这么多人力、物力，如此轰轰烈烈的声势出来，折腾这么长时间最后无功而返，如果就这样回去，童贯就算不被杀头也会被严惩的。

于是童贯派属下马植出使金朝，经多次谈判后，金朝决定将燕山府及其所属的涿州、易州、檀州、顺州、景州、蓟州六州归还于宋朝。但宋朝要将原先属于辽的岁币全额转交给金朝，同时，要将燕京地区的赋税折合成物资每年交与金朝。面对如此苛刻的条件，童贯全盘照收。于是他便跟金人之间私下里达成协议，金人收了钱以后把这六州洗劫一空，人畜全部迁走，最后童贯花重金买下的两个地盘，纯粹就是空城。就是这次合作，让金国人体会到了大宋的空虚和软弱，之后便常以这次利益分配不公平为借口，举兵南下蚕食中原，这是后话我们暂时不提。

这次联合行动尽管吃了很大的亏，但表面上看童贯还是很有面子啊，毕竟是收回了很大一块地盘，徽宗是不可能了解童贯暗箱操作的全部内情的，于是这个功劳就算在他头上了。恰恰是这第四件虚假的战功，使他得到了最大的利益。因为有"收复燕云"之功，他被封为广阳郡王，成为整个宋朝历史上为数不多的异姓王——就连那么得宠的蔡京这个宰相也没有被封为王爷。

为什么童贯能被封王？表面上看是徽宗执行神宗的遗训"能复全燕之境者，虽异姓，亦可封王"，其实真正的原因是徽宗要通过给童贯封王，为自己树碑立传，宣扬自己把祖宗没有办成的事做成了。而童贯被封王，纯粹是沾了徽宗的光。

童贯得势以后的贪婪与蔡京相比是有过之而无不及的。可以这么说，凡是生活奢侈、飞扬跋扈、贪污勒索、卖官鬻爵等蔡京能做到的，童贯无一项做不到，而且只会做得更厉害，但童贯做到的蔡京至少有两件事没做到：第一是童贯拥有私人军队。在宋朝别说建立自己的私人军队，就是真正的国家禁军，也不允许哪个将领长期统领，那是要轮换的，要形成将不知兵、兵不知将的局面，这样皇帝才能牢牢地控制住军权。而童贯以自己是禁军统领的名义，设置了一个警卫班子，这个是朝廷允许的，他这个亲兵队最后发展到多大呢？一两万人，按现在的编制，差不多是一个军的实力啊，而且全部是他从西北军里挑出来的那些能征惯战的勇士，这支部队可以说是大宋王朝的国家栋梁，本应该去保家卫国，却被童贯收买为私人的武装。第二件事是童贯被封王，蔡京没有。

童贯发财的手段简单粗暴到穷凶极恶的程度，他主要是发战争财。每次大战之前朝廷拨发粮食、物资、军费等，童贯前脚从国库里领出来，后脚就存入自家仓库，占为私有，那么行军打仗的这些费用从哪来呢？他命令沿途州县按原数补足。如此胆大粗暴的贪污行为千古以来，估计只有童贯一人敢为。

童贯如此作恶，难道蔡京这些官员就不知道吗？知道！但蔡京也得罪不起这个太监，因为他吃过童贯的亏，其中有一次罢相便是童贯策划的，还差点把命给搭上，所以之后童贯的任何劣行，蔡京都装聋作哑。太监作为一个扭曲的人，其性格也往往是非常变态的，所以一旦恶起来真的无人敢惹，包括权倾朝野的蔡京。

后来北宋兵败，大臣们纷纷弹劾"六贼"，其实大宋王朝有蔡童二人就足够败家了，哪需要王黼、梁师成、朱勔、李彦这些人帮衬啊，当时老百姓都传言"打破筒，泼了菜，便是人间好世界"，可见当时朝野对童蔡二人之恨已是公开化了。再加上另外四贼在朝庙之上结党营私、贪赃枉法、荒淫无度、排除异己，私下滥使职权以鱼肉百姓为乐，将民间弄得乌烟瘴气，大宋王朝这座大厦就算是用钢铁铸造的也会被他们掏空的。

经宋金联合伐辽一战，宋几次先背约后又向金国屈服，使金国逐渐意识到了宋的软弱，金朝已经对宋朝的腐败和虚弱洞若观火了。

金朝大规模地留用原辽朝的官吏、降将，这样更有利于金朝对燕山地区的统治，但这些降臣的忠诚问题也引发了新的危机。

金朝天辅七年（1123）二月，金朝将平州改为南京路，并任命辽降将、原辽兴军节度副使张觉为平州留守，而张觉趁金太祖阿骨打西征辽帝之时，叛金降宋。随后，张觉先击败了前来讨伐的完颜阇母，但被宗望击败，连夜逃往燕京。而后宗望遣人问罪宋宣抚司，并索要张觉，宣抚使王安中将张觉藏于仓库之中，交出了一个相貌与张觉相似之人，但被金人识破，王安中无奈只好杀掉张觉，函其首交予金人。张觉叛乱事件虽然很快地被完颜宗望平定，但是对于金朝来说，是一个信号，即宋人讨要到燕山地区之后，仍然觊觎燕山府东北的平州等地。但宋人觊觎平州等地，却又不敢与金朝正面对抗。

张觉投宋，又被宋函其首送还给金人，这再一次暴露了宋人的软弱无能。宋朝对于降宋将领问题的犹豫不定，也同时影响了同样作为降将的郭药师等人。郭药师见张觉被杀，便问宋军统领王安中："若（金人）来索药师当奈何？"王安中无言以对。可以看出，宋人既无力保护降将，又背信弃义在招徕之后将降将出卖，于是以郭药师为代表的原辽朝降宋将领，从此对宋人产生了不信任的心理。本来依之前宋金双方谈判的结果，燕云地区的汉人归宋，契丹、渤海、奚等民族归金，但宋朝官员在双方没有正式交接领土之前多次招纳、诱引民户，这使金人十分不满。

其实，在首次伐宋之前，金人对于宋朝的态度，经过燕京交涉、张觉降宋、移民争端等事件，是有一个变化的过程的。作为刚刚建立的政权，金朝军队的作战能力本也优于北宋，而一系列的事件催化了金人南下的进取之心，又给了金人南下名义上的理由。

金太宗在天会三年（1125）十月下诏伐宋。金军进攻路线主要分为东西两路,西路军由任副元帅的宗翰指挥,东路军由任南京路都统的宗望指挥。

先看看东路的战况。两军对垒后,十二月初六日,宋将郭药师陈兵三河,当夜郭药师渡过白河与金军交战。不久,张令徽、刘舜仁率领的偏师不敌金军擅自撤退,郭药师率领的精锐独自抵达金军营寨之后,竟然陷入了无火以焚其垒的尴尬境地,结果大败而归。金兵乘势围剿宋军,一代名将郭药师最终没有任何退路,只能投降金兵。

再看看另一路镇守太原的童贯是什么表现吧。

童贯听闻金军进攻,胆都吓破了,将太原抛之脑后南逃。本应是镇守北方边境的重臣童贯,在金军刚进攻之初,便未战先怯,放弃职守,望风而逃。童贯的行为,使得整个太原的军队失去了统一的领导,同时又大大地打击了守军的士气,这无疑是对宋朝西北向防御的又一记重拳,北方重镇太原门户洞开。

这一事变可要了大宋王朝的命了,自家最能打的名将,现在变成敌人的先锋军,朝着自己扑过来。被皇帝视为军神的童大将军弃城而逃,大宋江山已病入膏肓无药可医。

天会四年(1126)正月初一,金军攻陷相州(今河南安阳),初二攻陷濬州(今河南浚县),初三宗望率军渡过黄河,初七宗望已至汴京城下,开始攻城。北宋朝廷一片慌乱。

完颜宗翰率金兵西路军进至汴京城下,逼宋议和后撤军,金人要求五百万两黄金及五千万两银币,并割让中山、河间、太原三镇。同年八月,金军又两路攻宋。

靖康二年(1127)一月,金军攻破大宋的都城汴京,在城中烧杀抢掠,将大宋的都城变成了人间炼狱。最后分两路撤退,一路由宗望监押包括徽宗、郑皇后及亲王、皇孙、驸马、公主、妃嫔等在内的一行人沿滑州北去;另一路由宗翰监押包括钦宗、朱皇后、太子、宗室及孙傅、张叔夜、秦桧等在内的一行人沿郑州北行,其中还有教坊乐工、技艺工匠等数千人,携文籍舆图、宝器法物,百姓男女不下十万人等北返。

为了庆祝胜利,金人发明了一种特殊的庆贺仪式——"牵羊礼"。所谓"牵羊",就是将俘虏的上衣剥去,披上羊皮,脖子上系上绳子,像羊一样被人牵着走,也表示像羊一样任人宰割的意思。

徽、钦二帝也同样被像羊一样牵着向金主乞怜,逼他们两个光着脚站到烧热的铁板上,由于烫脚他们只能轮换着单脚落地,那形状像跳舞一样。这是多大的耻辱啊!

皇帝都被羞辱成这个样了,那后宫嫔妃以及公主的下场就更惨了。三千多的嫔妃公主也被脱去上衣,行"牵羊礼",在古代女子的贞操比性命还要重要,不堪其辱的朱皇后在牵羊礼后,投水自尽。而这位风流倜傥的皇帝的气节连一个妇人还不如,他甘愿受辱,卑躬屈膝地活着。大宋皇室的尊严在金人眼里如抹布一样毫无价值。

而"牵羊礼"之后,这些嫔妃公主大多被金军将士瓜分。这其中就包括宋钦宗的亲妹妹赵福金,她是人人皆知的大美女,完颜宗望早就对她垂涎三尺,点名索要。宋徽宗为了保命,灌醉了女儿后亲手将她送到了宗望的大帐中,完颜宗望死后，她又被完颜希尹霸占，过着生不如死的日子，最后竟然在完颜希尹的床上被活生生凌辱而死。

更凄惨的是高宗赵构的生母韦太后，她先是和其他嫔妃公主一样，被送进"浣衣院"，这里的"浣衣院"可不是洗衣打杂的地方，而是金人设置专门收容宫女嫔妃，以供金人"取乐"的地方。高宗继位后，韦氏成了金人重点"照顾"的对象。据记载，她曾创造了单天接客一百多人的最高纪录，后来又成了完颜宗贤的小妾，还生了两个儿子。

高宗的五个女儿，除了三个死在北迁的途中，剩下两个也被送进了"浣衣院"，成了明码标价被反复玩弄的物品。

其他被掳的宫女，大多成了金人的歌姬，一旦金国有什么酒会，她们就要穿上金国的服饰歌舞助兴，有的成为金兵的小妾。有不少人在经历非人的折磨后死去，幸存下来的也过着生不如死的日子。北宋灭亡时，这些女人们承受了比男人更多的痛苦，沦为金人的玩物，遭受了无尽的折磨，最后在凄凉中结束了生命。

不得不说联金灭辽是宋徽宗一生犯下的最大的战略性

错误，因为金和辽之间是世仇，有金在辽不敢南下，有辽在金不敢妄动。

有了这两国之间的相互牵制，北宋王朝至少可以安定几十年，甚至更长。然而臣子贪功，君主好名，如此昏聩的团队，如此没见识的搭档，你们不亡谁会亡？真应了一个俗语：不作死就不会死。

玉京曾忆昔繁华。

万里帝王家。

琼林玉殿，朝喧弦管，

暮列笙琶。

花城人去今萧索，

春梦绕胡沙。

家山何处，忍听羌笛，

吹彻梅花。

这是徽宗在做囚徒时候写的一首小词，写的是如此凄婉惆怅。当年骄奢淫逸的时候，他有没有想到过今天？而今天备受耻辱的情况下有没有后悔过当初？也许他至死都不知道他是怎么落到如此境地的。写到这里，笔者不由得感慨万千。俗话说"千里之堤，溃于蚁穴；百丈高楼，毁于星火"，徽宗第一次用玉碗的时候尚有点扭捏，而后来他挥金如土的时候却感觉理所当然、心安理得，这种心理防线由开始的警惕到最后的麻木，仅需要一个人、一句话、一个理由。他哪里知道亚马孙的蝴蝶偶尔扇动几下翅膀，便会引起得克萨斯州的一场龙卷风的蝴蝶效应啊。皇帝的堕落带动了整个国家的堕落，北宋的亡国之罪你不承担谁来承担？

"嗟乎！一人之心，千万人之心也……独夫之心，日益骄固。戍卒叫，函谷举，楚人一炬，可怜焦土！"写到这里时，笔者不由得想起杜牧《阿房宫赋》里的精彩评论。无论治国还是齐家，甚至是做人，都是一个道理啊，"勿以恶小而为之，勿以善小而不为"。

我们花费了大量的笔墨来写这段历史,主要是为李清照后面的经历和命运做一个铺垫,否则后面的故事大家很难从前一种境遇跳转到另一种境遇。下面我们继续解读李清照的诗词故事。

菩萨蛮·归鸿声断残云碧

归鸿声断残云碧,
背窗雪落炉烟直。
烛底凤钗明,钗头人胜轻。

角声催晓漏,
曙色回牛斗。
春意看花难,西风留旧寒。

一排排雁阵从头顶飞过,声声鸣叫,使人断肠的鸣声消失在布着丝丝残云的碧空中。

窗外飘下了纷纷扬扬的雪花,室内垂直地升起了一缕安静的炉烟。

在微微烛光的映照下,头上插戴着明亮的凤钗,凤钗上装饰的人胜首饰那么轻巧。

一夜凄凄角声把晓色催来,看晓漏已是黎明时分,斗转星移,天将破晓。

转眼天光大亮，报春的花儿想是开放了吧。

但是时在早春，西风还余威阵阵，花儿仍然受到料峭春寒的威胁，哪有心思出来争春！

这首词创作于建炎二年（1128）正月初七，我们为什么把时间说得这么准确呢？因为这一天是正月初七——人日，在这一天古代妇女都会戴上人形的发钗以讨一个吉利，这种首饰就叫"人胜"。

建康二年（1127）三月"靖康之变"后，北宋终结。五月，宋徽宗第九子康王赵构（即宋高宗）在应天府（今河南商丘）宣布继位，改年号为建炎，史称"南宋"。不久，高宗便丢下北方大面积土地，一路南逃。十月到扬州，虚弱的南宋朝廷如风中的柳絮飘摇不定。

恰在这个多事之秋，赵明诚的母亲郭氏在江宁（今江苏南京）不幸病逝。此时，赵明诚和李清照还在淄州任上。闻讯后，赵明诚来不及做太多的准备，立即只身南下奔丧。临行前，他嘱咐李清照，一定要好好整理滞留在淄州和青州两地的文物。金兵即将过来,这两处已经很不安全,一定要将这些文物带向江南。

赵明诚走后,如此重大的使命便压在李清照一人的肩上。在这兵荒马乱的时节,她知道这注定是一次历尽艰辛的大迁移,能带走的物品不一定能安全抵达目的地,但不能带走的这一辈子几无再见之可能。这里的每一件文物都是他们两人节衣缩食搜罗、购置的,大的有碑刻、石像,小的有书籍、印章,等等。哪一件不是倾注了夫妇二人的心血和挚爱呢?这些东西全部带走是绝对不可能的,但又如何取舍呢?她摸摸这样舍不得,看看那样也舍不得。这些文物都是跟着自己多年,每一件都像有生命似的,与她心灵相通、情感深厚。她与赵明诚一生并无子嗣,这些宝贝便是他们的孩子啊,手心手背都是肉,作为一个母亲,她能舍得放弃哪一个孩子呢?

然而大难当前,容不得她做太多的犹豫了,她必须以最快的速度做出取舍,再拖延下去,估计一个也带不走,甚至连同她本人的安全都很难保证。情急之下,她当机立断，痛下狠心。

首先，她舍弃了一大批大宗物品，把书籍中重而且大的印本去掉，又把藏画中重复的去掉，再把古器中没有款识的去掉，再去掉书籍中的国子监刻本、画卷中的普通作品。

就这样，她含着泪，一层层地淘汰，一点点地筛选，工作量之大以及触及的情感纠结、生离死别之悲痛无以言表。她在《金石录后序》一文中对自己当时的心情做了如下表述："且恋恋，且怅怅。"无比地留恋，深深地惆怅，却又必须无可奈何地舍弃。如恋人之诀别，如母子之分离。就这样经过数月精心挑选，李清照终于整理出最珍贵的文物共十五大车，其余不能带走的文物堆满了十多个房间。

这一年八月，南宋新朝廷任命赵明诚为江宁知府兼江南东路经制副使，他无法返回青州运输这些文物，现在这趟艰辛的旅程只能由李清照一人来完成。此时，青州突然发生兵变，形势已经容不得李清照再作任何迟疑，在乱兵到来之际，慌乱之中她领着几个家丁及雇请的民工载满十五车文物匆忙南下。就在她离开之际，她身后的故园已陷于一片熊熊的战火之中，她再也回不来了，再也见不到她遗留下来的那些宝贝了。

她到达海州，雇了好几艘船，渡过淮河，又渡过长江。在行经镇江的途中，李清照还遇上了乱军张遇攻陷镇江府。镇江守臣钱伯言弃城而去，江北的真州（今江苏仪征）士兵和老百姓全面溃散，在这兵荒马乱之际，李清照一行也遭到抢劫，一部分文物被抢走。就在这危急时刻，李清照将一幅蔡襄所书的《赵氏神妙帖》藏于贴身处，才使得这件文物得以留存下来。一个女人在危难时刻考虑的不是如何爱惜自己的生命，不是关心自己的钱财损失，而是将一幅字帖紧紧地藏护起来，足见这幅字帖之珍贵。

建炎二年三月十日，赵明诚在《赵氏神妙贴》的题跋中，便对这件事进行了详细的叙述："此帖，章氏子售之京师，予以二百千得之。去年秋，西兵之变，予家所资，荡无遗余，老妻独携此而逃。未几，江外之盗再掠镇江，此帖独存。信其神工妙翰，有物护持也。"

经过一趟凶险的旅程，李清照经受了无数艰辛，终于在建炎元年底，抵达江宁，与赵明诚会合，并一起度过了亡国之后的第一个春节。这首词便是在慌恐之后的安定时写下的。

这首词是李清照后期词作的名篇之一。

该词起首二句寓有飘零异地之感。望归鸿而思故里，见碧云而起乡愁，几乎成了唐宋词的一条共同规律。然而，随着词人处境、心情的不同，也能写出不同的特色。

"归鸿声断"是写听觉，"残云碧"是写视觉，短短一句之中，以声音与颜色渲染了一个凄清冷落的环境气氛。那嘹亮的雁声渐渐消失了，词人想寻觅它的踪影，可是天空中只有几朵碧云；此刻的情绪自然是怅然若失。少顷，窗外飘下了纷纷扬扬的雪花，室内升起了一缕炉烟。雪花与炉烟内外映衬，给人以静而美的印象。"炉烟"下着一"直"字，形象更为鲜明，似乎室内空气完全静止了，炉烟垂直上升，纹丝不动。

这首词的时间和空间都有一个转移的过程，但这一切都是通过景物的变换和情绪的发展在不知不觉中完成的。从"残云碧"到"凤钗明"再到"曙色回牛斗"，既表明空间从寥廓的天宇到狭小的居室以至枕边，也说明时间从薄暮到深夜以至天明。

下阕首句中的角声是指军中的号角声。安静的午夜，隐隐地还能听到远处军营里传来的号角声，这给一个从战火里走过来的人带来不安和愁苦。"漏"是指古代的计时器铜壶滴漏，引申为夜很深很静。"催"字，似乎是一夜角声把晓色催来，反映了词人彻夜不眠的苦况，写出了词人客居外地的惆怅情怀。

如此沉郁、苍凉的风格在李清照之前的词作中几乎没有过，可见战争给词人的心灵带来的震动和变化有多么巨大。在此之前，她的词作充满着清雅纤秀、细腻温婉的生活气息，从此以后她的作品将更多地表现出沉郁忧伤、苍凉凄楚、浑厚深沉的风格。文学风格的转变代表着她从一个贵妇人，向一个思想者蜕变。清代诗人赵翼曾有诗句说：

"国家不幸诗家幸,赋到沧桑句便工。"我们固然喜爱艺术家们那些精美的诗词,但真的不希望每一首优美的诗词都来自苦难的灵魂。

渔家傲·雪里已知春信至

雪里已知春信至,
寒梅点缀琼枝腻。
香脸半开娇旖旎,
当庭际,玉人浴出新妆洗。

造化可能偏有意,
故教明月玲珑地。
共赏金尊沈绿蚁,
莫辞醉,此花不与群花比。

白雪皑皑,满眼银色世界。

就在这银色的世界里,一树寒梅点缀其间。

那覆雪悬冰的梅枝,晶莹剔透,别在枝头的梅花,丰润皎洁。

就是从这傲雪而放的梅花,人们才知道了春天就要到来的消息。梅花含苞欲绽,娇美可人,芳气袭人,就像庭院里刚刚出浴、换了新妆的美人。

大自然可能也有偏爱，她怜爱这娇艳的梅花，作为陪衬，才让月光这样皎洁清澈，玲珑剔透，洒满大地。

让我们举杯开怀畅饮吧，值此花好月圆雪白的良宵，品酒赏梅，一醉方休。

要知道，在万紫千红的花国里，哪一种花可以和梅花相提并论呢？

这首词创作于南宋建炎二年（1128）春。历经劫难，赵明诚、李清照二人终于在这个风雨飘摇的时刻在江宁（今江苏南京）团聚了。此时赵明诚已是江宁知府，依循古制，父母死后子女本需按例持丧三年，其间不得行婚嫁之事，任官者必须离职，古称"丁忧"。但在这个危难的时期，自然无法执行这一惯例。"靖康之难"后，大批官员不是被掳掠至金国，便是滞留北方，另外还有很多死伤。刚刚即位的宋高宗，在金兵的追击之下，一路南逃，新建的南宋王朝迫切需要大量的官员来管理地方事务。所以"丁忧"这样的家庭小节，自然要让位于国家存亡的大节了。

南宋时，全国一共设置42府，而州有240多个，知府中最高等级是京府，为三品官，而像江宁这样的次府，其知府则应该属四品，而一般州的知州则是五品。

赵明诚何以能够担任如此重要的职务呢？其中有着许多因素。首先，赵明诚兄弟有着宰相子弟的显赫门第，同时也有二十多年的从政经验，而且在知州任上做得有声有色。其次，赵明诚两个兄长都在朝中任要职，一位是秘书少监，一位是中书舍人。第三，赵挺之及赵明诚父子与蔡京是政治宿敌，而蔡京又是高宗的政治对立面，因此宋高宗对赵明诚兄弟予以关照自然是情理之中的事了。

那么，此时赵李二人的生活状态又是如何呢？赵明诚担任了江南重镇的知府，但并没有停下收藏文物的工作。过去为了收藏文物囊中羞涩，甚至为了购买一些文物不得不当衣物，就算是后来有了俸禄，那也是节衣缩食，倾其所有来购置文物。如今做了重镇知府，有钱有势，朝野上下颇有名望，金石界中更是翘楚。但玉有微瑕，此时发生了一件赵明诚夺人所爱的事件。

唐贞观年间，太宗喜欢书法，酷爱王羲之的字，唯因得不到《兰亭序》而遗憾。后听说辨才和尚藏有《兰亭序》，便召见辨才。可是辨才却说见过此序，但不知下落，太宗苦思冥想，不知如何才能得到。一天，尚书右仆射房玄龄奏荐：监察御史萧翼，此人有才有谋，由他出面定能取回《兰亭序》。萧翼装扮成普通人，带上王羲之杂帖几幅，慢慢接近辨才，取得他的好感。在谈论王羲之书法的过程中，辨才拿出了《兰亭序》，萧翼故意说此字不一定是真货，辨才便不再将《兰亭序》藏在梁上，随便放在几上。一天，萧翼趁辨才离家，借故到辨才家取得《兰亭序》。之后，萧翼以御史身份召见辨才，辨才这才恍然大悟，知道自己受骗，但恨已晚。萧翼得《兰亭序》后回到长安，受到太宗的重赏。唐代大画家阎立本根据这个故事，画了一幅《萧翼赚兰亭图》。

宋太宗初定江南，兵部员外郎杨克逊知升州，当时李后主内府中的物品都被一一密封，杨克逊不敢启封，便上奏皇帝，太宗皇帝将它们全部赏赐给了杨克逊。其中就有这幅画。后来这幅画便传到了杨家的女婿周氏手中，继而传到了其子周谷的手中。北宋末年，与蔡京同为"六贼"之一的宦官梁师成，曾想用礼部度牒交换这幅画，周谷没有答应。后来周谷厌烦了这幅画带来的扰攘，加之他要出远门，便将这画送给了同郡人谢伋。而这个谢伋便是赵明诚的远房表亲之子。

谢伋因家道中落，来江宁府投靠赵明诚，想依靠这位有权有势的远房表亲来寻一点生计。赵明诚热情接待了他，但他不谈工作，只谈文物，言谈之中谢伋便说家中有一幅《萧翼赚兰亭图》，赵明诚急忙让他取来欣赏欣赏，谢伋也就没多想，便把这幅图交给了他。没想到的是从此以后赵明诚便不再见谢伋，工作的事没有下文，就连这幅珍贵的文物也一直没有归还，谢伋多次讨要均无果而返。清代吴梅村曾写过一本《秣陵春传奇》，其中就化用过赵明诚的这则典故，对其人品进行了严厉的批判。

这幅画现存于辽宁省博物馆。从另一面来看，幸亏当初赵明诚没有归还，否则这幅画估计早已在战乱中损毁，可见事物总是一分为二的，专业的工作还应该交给专业的人去做。

此时的李清照，每当下雪的时候，依然会披着蓑衣，戴着斗笠，登上城楼远眺，消解自己凌乱的心情，也经常在这种情态下能得到一些好的诗句，而每有佳句，她便要求赵明诚与她唱和，常使明诚苦恼不已。

赵明诚为什么为此苦恼呢？一方面，他这个时候是江宁知府，公务繁忙，每天要处理的事、接待的人很多；另一方面，在诗词这个方面，他确实没有李清照专业，可以说根本不能望老婆的项背，偶尔应制式地写几篇又要被李清照批评指摘一番，于是便往往以敷衍的态度来应差了事，所以便写不出什么好作品来。

这首《渔家傲·雪里已知春信至》便是词人在这种情况下写下的作品。

这首词被当作宋词名篇选入《全宋词》。在这首词里，词人以梅花自喻——明写梅花，暗述情怀，亦花亦人，形神宛肖，浑然一体，其中"雪里已知春信至，寒梅点缀琼枝腻"备受时人好评。

这首词上阕写寒梅初放。何逊《扬州早梅》诗云："兔园标物序,惊时最是梅。衔霜当露发,映雪拟寒开。"梅花,开于冬春之交,最能唤醒人们的时间意识,使人们萌生新的希望,所以被认为是报春之花。因为梅花斗雪迎寒而开,词人咏梅,又总以冰雪作为空间背景。庾信《咏梅花》诗云:"常年腊月半,已觉梅花阑。不信今春晚,俱来雪里看。树动悬冰落,枝高出手寒。"这里,"琼枝"就指覆雪悬冰的梅枝。半放的寒梅点缀着晶莹的"琼枝",愈发显得光莹润泽。词人接着用"犹抱琵琶半遮面"的美女形容将开未开之梅的轻盈娇美,用玉人浴出形容梅的玉洁冰清、明艳出群——即物即人,梅已和人融成一片了。

下阕转用侧面烘托。梅花偏宜月下观赏,造物有意,故教月色玲珑剔透,使暗香浮动、疏影横斜。值此良宵,且备金樽、绿蚁,花前共一醉。绿蚁,酒面的浮沫。白居易《问刘十九》有云."绿蚁新醅酒,红泥小火炉。"《历

香脸半开娇旖旎(李欣彤 绘制)

代诗话》引《古隽考略》曰:"绿蚁,酒之美者,泛泛有浮花,其色绿。"这首词,银色的月光、金色的酒樽、淡绿的酒、晶莹的梅织成了一幅画,这幅画如梦如幻,空灵优美。与前人的咏梅诗词相比,这首词艺术上有所创新。词人抓住寒梅的主要特征,用比喻、拟人、想象等多种手法,从正面刻画梅花形象。在对寒梅做了总体勾勒之后,又以生花妙笔点染其形象美和神态美。同时,词人还做到了移情于物,以景传情,意中有景,景中寄意,体现了李词的特色。

这首词不是单纯地描写和点染梅花形态美,而是写梅也写人,赏梅也是自赏,并把寒梅的形神美与词人的灵魂美、情感美融为一体,构成了诗词的艺术美,塑造了鲜明的艺术形象,创造了深美的艺术意境,吟咏了高洁美好的情怀,可谓格调清新,境界开阔,含蓄有味。

临江仙·庭院深深深几许

庭院深深深几许?云窗雾阁常扃。
柳梢梅萼渐分明。
春归秣陵树,人老建康城。

感月吟风多少事,如今老去无成。
谁怜憔悴更凋零。
试灯无意思,踏雪没心情。

庭院很深很深,不知有多少层深,云雾缭绕的楼阁门窗经常关闭。

骋目四望,只见柳梢返青和梅枝吐蕊的景象越来越分明了。

在古秣陵城的周围,树木渐绿,宣告春已归来,但我却无家可归,看来要老死建康城了。

忆往昔多少回吟赏风月,饮酒作诗,那是多么幸福啊,而如今却人已老去,什么事也做不成了!

还有谁会怜悯你的憔悴与衰败？元宵试灯也好，踏雪赏景也好，都没有这份心情了。

这首词作于建炎三年（1129）元宵节前后，随词附一段小序，曰："欧阳公作《蝶恋花》，有'深深深几许'之句。予酷爱之，用其词作'庭院深深'数阕，其声即旧《临江仙》也。"

唉，其实关于写李清照的故事，我们特别不愿意写到这一年，因为这一年发生的不愉快的事太多，它就像一块伤疤，尽管从情感上我们不愿意去触摸，但我们又没有办法回避，所以必须如实地叙述。建炎三年初，朝廷改江宁府为建康府，有移都江宁的意图，于是命御营统制官王亦率部驻扎江宁。御营统制官比江宁知府略低，但王亦所率部众直属朝廷，不归赵明诚管辖。由于赵明诚政绩平平，朝廷认为他不能担当江宁知府的责任。二月，朝廷改任赵明诚为湖州知州。就在接到诏命的同时，他的下属江宁转运副使李谟向他汇报，御营统制官王亦将于当天夜里举火为号发动叛乱，并向赵明诚请示防御措施。如此重要的军情，赵明诚听后竟然置之不理，未给李谟任何处理意见。

李谟见赵明诚没发表意见，于是私下里便统领自己的部众埋伏在叛军必经之路，做好战斗准备。当天夜里，东南果然火光大作，呐喊声震天，王亦发动叛乱。当他率部众向府衙进攻的时候，被埋伏在中途的李谟打了个伏击，经过两个时辰的激战，李谟一举将王亦拿下并击溃其部众，此时天已大亮。获胜后的李谟忙进府衙向赵明诚汇报战况时，却怎么也找不到赵明诚。谁也想不到，两军交战杀声大作之际，赵明诚却用一根绳子吊下城墙，只身逃之夭夭了。

赵明诚为什么这个时候选择逃避呢？笔者认为他的理由主要有三：一则，他已经不是江宁知府，所以不在其位不谋其政，江宁出事他无权过问；二则，估计他对朝廷降他职务有情绪，毕竟江宁知府是四品官，而湖州知州仅为五品官，而且江宁知府的实际利益要比湖州知州大得多；三则，可能确实有贪生怕死的因素，否则怎么可能只身逃跑不顾夫人的安危呢？从之前霸占别人文物以及这次临阵逃跑的事件，我们大体能想象出赵明诚的一些人格缺陷——贪婪、自私、胆小、懦弱，或许这也是整个南宋朝廷士大夫们的整体特征，或许这便是大宋文武在辽、金、西夏等邻国面前节节败退的主要原因吧。

朝廷获悉赵明诚临战逃跑的事件后，立即下令罢免其所有职务。这件事深深地刺痛了清高孤傲的李清照，同时也打破了她曾经对夫君的那份信仰。作为一府最高行政长官，临阵逃跑的这种懦弱和无能是何等丢人，就算是普通平头百姓也不应该在这危难的时候抛下家眷不顾而只身逃命吧？

据南宋文人胡仔在《苕溪渔隐丛话》记载：李在赵氏时建炎初从秘阁守建康作诗云："南来尚怯吴江冷，北狩应悲易水寒。"又云："南渡衣冠少王导，北来消息欠刘琨。"

据胡仔的记载，李清照的这几句残诗应该就写在赵明诚失守建康城之后。这两句诗在宋人庄绰的《鸡肋编》中也有记载，而且都只记录残句，并无全文。但我们仅仅通过这两句残篇便可以看出李清照对于这件事是多么激愤和失望。

王导是东晋著名政治家。东晋时南渡而来的士大夫们常常集聚在一起饮酒聚会，有一次大家望着江南山水，想起北方的家园，不由得感伤不已，一个个相对落泪。此时宰相王导拍案而起，厉声道："当共戮力王室，克复神州，何至作楚囚相对泣邪！"众人听王导这么说，十分惭愧，立即振作起来。

刘琨也是西晋名将，他少有大志，曾与祖逖二人枕戈待旦，闻鸡起舞，立志报效国家。后来刘琨出任并州刺史，加振威将军、领护匈奴中郎将。永嘉元年（307）春，刘琨带领一千余人辗转离开故都洛阳到达晋阳（今山西太原）。当时的晋阳历经战乱，已成一座空城。刘琨在左右强敌环侍的环境下安抚流民，发展生产，加强防御。不到一年晋阳就恢复了生气，成了晋朝在中原的少数几个存留抵抗势力之一。

李清照用这两个典故，不仅批判了赵明诚贪生怕死的懦弱行径，同时也是对当时南宋所有官僚士大夫的一种无情的讽刺。满朝文武，文的没有王导这样的政治家，武的没有刘琨这样的军事家，我们还有前途吗？强敌当前，一味地东躲西藏，畏敌如虎，将无韬略，兵无斗志。你们的男儿血性在哪里？你们的大丈夫气节在哪里？今天逃到南方，面对吴淞江水你们尚且怕冷，哪一天你们北狩金兵，面对更加寒冷的易水的时候，你们还有跨越的勇气和意志吗？

很多人认为李清照仅仅是一位婉约词人，只会儿女情长、吟风弄月而已，殊不知李清照之所以能在中国文学史上写下浓墨重彩的一笔，就在于她不仅有婉约的艳丽，还有豪放的厚重之气，更有深刻的洞察力和鉴别力。从这两首诗中，我们可以读到李清照金刚怒目的呐喊，同时也能看到她壮志凌云的豪情，以及她疾恶如仇、爱憎分明的性格特点。可怜我非男儿身，敢笑满朝不丈夫。赵明诚被革职以后，江宁待不下去了，湖州自然也去不了了。李清照在《金石录后序》中记载，他们先后在安徽芜湖、当涂一带徘徊过一段时间，并打算在江西赣水之滨定居。就在他们船过芜湖，路过当年西楚霸王项羽自刎的乌江之际，李清照写下了《夏日绝句》，再一次对赵明诚的贪生怕死之事进行了鞭笞：

生当作人杰，死亦为鬼雄。
至今思项羽，不肯过江东。

我们不知道赵明诚面对李清照如此辛辣的讽刺是何等无地自容，何等羞愧和难堪，但我们可以想见这个时期的赵明诚一定是郁郁寡欢、意志消沉的，这应该与李清照对他的谴责有相当大的关系吧。

这首词写于王亦兵变前夕，所以李清照写得依旧安然从容。词作上阕写春归大地，词人闭门幽居，思念亲人，自怜飘零。"庭院深深深几许？云窗雾阁常扃"，这两句写词人闭门幽居。第一句与欧阳修《蝶恋花》词一样，连用三个"深"字，前两个"深"字为形容词，以叠词的形式强调了庭院之深；后一个"深"字也是形容词，但作为定语进行了前置，加重了语气。连叠三个"深"字，乃比兴之义。貌写闺情，实蕴国恨。

第二句再次加强了"深"的意境。"常扃"，门窗关闭之意，与陶渊明《归去来辞》"门虽设而常关"，同一机杼，孤寂之心、忧愤之情，跃然纸上。语境静穆，不言愁苦，而使人更难为怀。"云窗雾阁"化用韩文公《华山仙女诗》"云窗雾阁事恍惚，重重翠幕深"。云雾缭绕着楼阁，门窗常常紧闭，虽不深而似深，这是对庭院之深的具体描写。云雾缭绕是自然状况，是地处闽北高山地区的建安所特有的，而门窗"常扃"，则是词人自己关闭的了。这表明词人自我幽闭阁中，不愿步出门外，甚至不愿看见外面的景况，所以不仅闭门而且关窗。

李清照酷爱"深深深几许"之语，是很有艺术见地的。因为它一连叠用三个"深"字，不仅渲染出庭院的深邃，而且收到了幽婉、复沓、跌宕、回环的声情效果。它跟下句合起来，便呈现出一幅鲜明的立体图画：上句极言其深远,下句极言其高耸。用皎然的话说,这就叫"取境偏高"(《诗式·辨体有一十九字》);用杨载的话说,这就叫"阔占地步"(《诗法家数》)。它给欣赏者以空间无限延伸的感觉。但句尾一缀上"常扃"二字,就立刻使得这个高旷的空间一变而为令人窒息的封闭世界。第三句写的就是词人所不愿见到的景物:"柳梢梅萼渐分明。"柳梢吐绿,梅萼泛青(梅萼,梅花蓓蕾的花托),一片早春、大地复苏的风光。写景如画,不设色,淡墨钩线,着一"渐"字,为点睛之笔。李清照是位感情十分丰富细腻的词人,对大自然的细微变化,有着敏锐的悟性。"雪里已知春信至"(《渔家傲》)、"春到长门春草青,江梅些子破,未开匀"(《小重山》),在这些早期作品里,词人通过"梅"表现的是喜春之情,可如今"梅"所传达的却是对春光的"怕"。

后两句写的就是怕见春光的原因:"春归秣陵树,人老建安城。"这两句内涵极其丰富,所蕴含的痛楚情怀是相当深沉的。这两句铺叙,合时、合地,境界自成。"春归"是时间概念,"秣陵树"是空间概念,意谓南宋偏安建康后的又一度春光来临了;"人老"是时间概念,"建康城"是空间概念,痛北人将老死南陲,创造出一种悲痛欲绝的境界。秣陵、建康,同地异名,被分别置于上下对句之中,看似合掌(诗文内对句意义相同谓之"合掌"),但却有所区别——上句写春归,是目之所见;下句写人老,是心之所感。它把空间的感受转化为时间的感受,从初春来临联想起人的青春逝去。情致丰富,毫不显得单调、重复。它貌似"正对"(即同义对)而实比"反对"(即反义对)为优,可视为此篇的警策。

词作下阕,承上阕怕触景伤怀,进而追忆往昔,对比眼前,感到一切心灰意冷。"感月吟风多少事?如今老去无成。"今昔对比,无限感喟。李清照与赵明诚是一对有较高文化修养的恩爱夫妻,他们共迷金石,同醉诗文,烹茗煮酒,展玩赏鉴,沉醉于富有诗意的幸福生活之中。李清照以其女性的独特敏感和文学修养,以春花秋菊为题材,曾写过不少好词。"多少事",以强调语气,表示很多,记也记不清了。可如今年老飘零，心情不好，什么事也做不成。

至此，词人情绪极为激动，不禁呼出："谁怜憔悴更凋零！"破碎山河无人收拾，词人憔悴瘦损、流落江南。词人在《永遇乐》中曾以"风鬟雾鬓"描绘她的"如今憔悴"。"谁怜"二字，表明词人身处异乡，孤身一人，无人可诉。而一个"更"字，道出了词人的心境日渐一日地悲凄。

结尾，"试灯无意思，踏雪没心情"二句并非写实，而是举出她一生中印象最深、与她夫妻生活最有关系，能作为"感月吟风"绝佳题材的事件。"试灯"，是宋人元宵节前的盛事。词人在《永遇乐》中曾回忆当年："中州盛日，闺门多暇，记得偏重三五。铺翠冠儿，捻金雪柳，簇带争济楚。""踏雪"，宋代周辉《清波杂志》卷八载："顷见易安族人言，明诚在建康日，易安每值天大雪，即顶笠披蓑，循城远览以寻诗，得句必邀其夫赓和，明诚每苦之也。"

这两件事，在空间上，从北（汴京）到南（建康）；在时间上，从词人青年时期到中年时期。当年，她对这两件事都很感兴趣，可如今，却认为"无意思""没心情"，与上阕的怕见春光遥相呼应，进一步表露了词人对一切都感到心灰意冷。下阕以对往昔生活的追怀、眷恋与如今飘零异地、悲凄伤感相对比，写出一位年老憔悴、神情倦怠的女词人形象。

　　南渡以后，清照词风从清新俊逸变为苍凉沉郁，这首《临江仙》是她南渡以后的第一首能准确编年的词作。国破家亡，奸人当道，个中愁苦，不能不用含蓄曲折的笔法来表达。少女时代的清纯，中年时代的忧郁，一化而为老年时期的沉隐悲怆。语言浅显易懂是这首词的另一个特点。李清照的语言达到炉火纯青的境界，语言清新自然，明白如话，生动形象。

忆秦娥·咏桐

临高阁,
乱山平野烟光薄。
烟光薄,
栖鸦归后,暮天闻角。

断香残酒情怀恶,
西风催衬梧桐落。
梧桐落,
又还秋色,又还寂寞。

今天心情非常苦闷,我登上高高的楼阁,眼前那高高低低的山峦横七竖八地散落在这杂乱的原野之上,笼罩着一片淡淡的暮色雾霭。

那稀薄的晚霞中,一群群吵吵嚷嚷的乌鸦正在寻找着自己的窠巢。

天色渐渐昏暗,慢慢安静下来了,我能清晰地听到从远处军营里传来的一声声呜咽悠远的号角声。

房间里香炉里的烟火快要熄灭了,杯里还残留着一些冷酒,却没心情把它喝完,这光景令人内心好不悲苦凄切。清冷萧瑟的秋风,摧残那梧桐的枯叶一片一片地飘落。

梧桐叶落了呀,落得是那么干净。我眼前一片衰败的秋景,就像我此时的心情,既有伤感,又有寂寞。

这首词作于建炎三年(1129)秋天。这年秋天是一个让李清照感伤断肠的季节,因为她相濡以沫的赵明诚此时刚刚去世。这一年三月赵明诚罢官后,像一只受了伤的羔羊,带着满怀的懊悔和难堪,凄凉冷落地离开了建康城。此时他眼前一片迷茫,携李清照具舟沿长江一路逆流而上,先后在芜湖、当涂一带闲游、停留,然后继续向西,准备到江西赣水一带定居。五月底,当他们漫游到了池阳时,突然接到朝廷诏令,命他继续出任湖州知州。这道诏令对赵明诚而言无疑是一针强心剂,他像一个犯了错受到责备后又被母亲拥入怀里的少年,有一种抑制不住的幸福感以及无以言表的兴奋感。他知道错了，迫切地盼望着朝廷能给他一次补过的机会，他何曾不明白国难当头一个读书人的使命？他实在太需要一个为国驱驰的机会，哪怕是粉身碎骨。我们可以想象他接到诏书后的那份喜悦之情，他没作任何犹豫，立马弃舟上岸，将居所暂时安置在池阳。安顿好一切后，他奉旨赴召，赶往建康城谢恩——此时宋高宗暂居于建康城。

六月十三日，他将自己的行李搬上岸，然后坐在岸边的台阶上，身着一身夏布衣衫，目光如炬，神采奕奕，富有生气，任风吹起他覆在前额的方巾。他微笑着望着船上的李清照，与她告别。此时的李清照哪里知道这将是两人的最后一别，她为夫君的一次重生幸福着，为丈夫有报国的机会而开心着。看着他跨上马背的背影，李清照有一种说不出来的慌乱和不舍，今日一别，不知何时才能重逢，便总想找一个话题跟明诚多说几句话，哪怕多回一次头也是一种宽慰，于是匆忙之间大声问道："你走后，如果池阳城里遇到紧急状况怎么办呢？"

赵明诚掉过马头，威风凛凛地伸出两个手指头，远远地回答道："如果局势有变，你就跟着众人走吧。实在万不得已时，就先丢掉包裹箱笼这类笨重的东西，再不行就丢掉衣服被褥，如果还不行，就舍弃书册卷轴之类，终是无法避免那就扔掉那些古董器皿，只有那些祖宗牌位等宗室礼器，一定要牢牢地带在身边，要与身俱存亡，千万别忘了。"然后纵马而去，再也没有回头。

此时金兵压境，赵明诚必须尽快赶到建康城，因为他知道，这个动荡的时代，宋高宗随时都有可能离开，一旦高宗离开，他将不知道去哪里复旨。

农历六月，正是酷暑时节，赵明诚顾不上高温暑热，纵马疾驰，沿途很少下马休息，白天的餐饮基本上都是在马背上解决。就这么饥一顿饱一顿地在火辣辣的太阳下奔驰，赵明诚不小心中了暑热，到了建康城后又感染了疟疾。

因感染了疟疾，赵明诚全身时冷时热，发抖不止。赵明诚是一个急性子，为了快点结束这个发热症状，他便服用了大量的压服热性的寒性药。这表面上解决了发热的症状，却又因此而患上了痢疾，就这样寒热交加，更加重了病情，令他腹泻不止。

七月末，李清照突然接到赵明诚从建康城寄来的家书。得知明诚病重的消息，她心急如焚，便连夜乘舟启程，一夜赶了水路三百里。池阳到江宁水路的距离接近千里，李清照恨不得肋生双翅，赶往建康城。

待她赶到建康城以后，赵明诚已是数病发作，病入膏肓，奄奄一息，回天乏术了。八月十八日，刚过完中秋节，赵明诚便在李清照怀里慢慢地合上了眼睛。

这短短的两三年，她的命运如过山车般急转直下，先是国破，然后家亡，现在又是夫逝，接二连三的变故，让人猝不及防，令她痛不欲生。

李清照曾为赵明诚写过一篇祭文，可惜全部已经失传，只剩中间一对残句："白日正中，叹庞翁之机捷；坚城自堕，怜杞妇之悲深。"前一句，说的是唐朝的庞蕴居士与女儿灵照，两人都精通禅理。一日，庞蕴准备入灭时，跟女儿灵照说:"你去看看外面的日头,正午时告诉我,我就在那时刻入灭吧!"佛门中人追求超脱生死、无死无生,故而真正的大师大德,对自己的逝世是能够自己掌握的,他们竟能挑选一个自己看好的时辰。

灵照听父亲说要入灭,便赶紧去外边看了看日头,回来对父亲说:"现在是正午了,不过巧得很,有日食,天狗正在吞日头呢。"

"哦,有这种事?"

"不信你去看看。"

庞蕴出屋观看。太阳在天空好好的,哪里有什么日食呢!回转室内,灵照已经盘坐在他的座位上,双手合十,坐化了。

庞蕴回屋一看,笑了,说:"我女儿机锋要比她老子快捷啊!"

于是,为了安葬女儿,他推迟七日入灭。

灵照因为怕一个人孤苦伶仃,所以在父亲没去世前先行离世。这里李清照用这个典故的意思是说,赵明诚像灵照一样因为担心自己孤独,而提前去世。这算是对自己的一种宽慰吧。后半句出自孟姜女的典故,笔者就不多加解释了。

想当年,我情窦初发豆蔻梢;恰遇上,你青春风华年正茂。秋千架上蜻蜓绕,青梅遮羞半回眸。十里春风不如你,一丝红线牵月老。

实指望,与君缠绵到白发;不曾想,党碑竟刻元祐号。阿爹不屈儒生节,阿公无情拘皋陶。只因我,人间父女情太浓;不应该,救父心切出险招。强白他,炙手可热心可寒;不曾想,夫君为我受煎熬。我不该,负气出走回章丘;却不料,情缘未了梦空劳。

月满西楼心潦草,人比黄花映晚照。耿耿星河光不度,烈烈寒风梦迢遥。我不求,侯门相府享荣华;也不怕,布衣荆钗咽糠糟。想与你,举案齐眉淡如水;想与你,挑灯夜读待春晓。

青州屏居十多载,赌书泼茶谢尘嚣。倚窗容膝人易安,眼前山水归来早。听琴赏梅神仙侣,金石书画同所好。

本以为，今生至此无所求，不负红尘走一遭；却不料，满朝文武如草偶，蔡贼童宦把浊流搅。只害得，百万雄师俱战死，靖康蒙羞失旧巢。无故生灵皆涂炭，大好河山斩断腰。

我随夫君来江宁，一路风尘向南逃。远号近角惊晓梦，人如飞蓬逐波漂。

明诚啊！你不该，身居要职太轻率，乱兵未到你先逃。悔当初，怨你铁骨输刘琨，怨你襟怀败王导。悔当初，怨你没有霸王气，顶天立地饮一刀。

池阳江边分别后，如今相隔奈何桥。曾记得当时意气同猛虎，想不到泰山之体等鸿毛。何故黄泉路上不等我，单留我失魂孤雁路缥缈。万语千言噎满喉，不知是爱是恨是心焦。此去建康难回头，明诚啊，你千里孤坟我如何把你来祭悼。每回午夜梦断后，怎不教人，肝肠断裂心刀绞。

赵明诚去世后，李清照伤怀过度，大病一场。这年秋天，她拖着病体，登高远望，写下了这首《忆秦娥·咏桐》。

词作开篇创造了一个视野广阔的莽莽苍苍的世界,写登临高阁的所见所闻。起句"临高阁",点明词人是在高高的楼阁之上。她独伫高阁,凭栏远眺,扑入眼帘的是"乱山平野烟光薄"的景象:起伏相叠的群山,平坦广阔的原野,笼罩着一层薄薄的烟雾,烟雾之中又渗透着落日的最后一缕余晖。叠句"烟光薄"加强了对这种荒凉、萧瑟景色的渲染,营造了使人感到凄凉、压抑的气氛,进而烘托出词人的心境。

"栖鸦归后,暮天闻角。"这是词人的所见所闻。这时又听到黄昏画角的哀鸣,在群山和原野回荡,尤觉黯然神伤。词人从视觉、听觉两个方面写黄昏的景象,使画面产生了流动感。乌鸦是被人们厌恶的鸟类,它的叫声总使人感到"凄凄惨惨",尤其在萧条荒凉的秋日黄昏,便显得更加阴森、凄苦。鸦声消逝,远处又隐隐传来了军营中的阵阵角声。这凄苦的鸦声、悲壮的角声,给人以无限空旷的感受,意境开阔而悲凉,两相叠加,加倍渲染出自然景色的凄旷、悲凉。不难看出，这景物的描写中，融注着词人当时流离失所、无限忧伤的身世之感。

下阕起句，词人写了在这种景色中自己抑郁孤寂的心境。"断香残酒情怀恶"，全词只有这一句直接写"情怀"，但它却是贯穿和笼罩全篇的感情，其他一切都与此密切相关。"乱山平野烟光薄"的景色，使词人倍感"情怀恶"，而"情怀恶"更增添了秋日黄昏的萧索冷落。"断香残酒"四字，暗示出词人对以往生活的深切怀恋。在那温馨的往日，词人曾燃香品酒，也曾"沉醉不知归路"。而此时却香已断，酒亦残，历历旧事皆杳然，词人的心情是难以言喻的；一个"恶"字，道出了词人的不尽苦衷。

"西风催衬梧桐落。梧桐落，又还秋色，又还寂寞。"那阵阵秋风，无情地吹落了梧桐枯黄而硕大的叶子，风声、落叶声使词人的心情更加沉重、更加忧伤了。叠句"梧桐落"，进一步强调出落叶对词人精神上、感情上造成的影响。片片落叶像无边的愁一样，飘落在她的心上；阵阵风声，像锋利的钢针扎入她受伤后孱弱的心灵。这里既有国破家亡的伤痛，又有背井离乡的忧虑，还有丧夫孤独的哀愁，那数不尽的辛酸，一下子都涌上了心头。词人写到这里，已把感情推向高峰，接着全词骤然从"又还秋色"的有声，转入了"又还寂寞"的寂静之中。这"静"绝非田园牧歌式的宁静，而是词人内心在流血流泪的孤寂。"又还秋色，又还寂寞"，说明词人对秋色带来的寂寞的一种厌恶和畏惧的心理。自己不甘因秋色而寂寞，无限惋惜逝去的夏日的温暖与热闹，同时也似乎表明她失去亲人、故乡的寂寞心情。长期积郁的孤独之感、亡国亡家之痛，那种种复杂难言的心情，都通过淡淡的八个字，含蓄、深沉地表现了出来。

这首词的结句，是全词境界的概括和升华。王国维在《人间词话》中说："能写真景物真感情者，谓之有境界。""又还秋色，又还寂寞"是对词人所处的环境、所见的景物以及全部心境真实、准确而又深刻的概括，景是眼前之"真景物",情是心中之"真感情",同时情和景又互相融合,情融注于景,景衬托出情,使全词意境蕴涵深广。

渔家傲·记梦

天接云涛连晓雾,
星河欲转千帆舞。
仿佛梦魂归帝所,
闻天语,殷勤问我归何处。

我报路长嗟日暮,
学诗谩有惊人句。
九万里风鹏正举。
风休住,蓬舟吹取三山去!

　　水天相接,晨雾蒙蒙笼云涛。银河转动,像无数的船只在舞动风帆。梦魂仿佛回天庭,听见天帝在对我说话。他热情而又有诚意地问我要到哪里去。

　　我回报天帝路途还很漫长,现在已是黄昏却还未到达。即使我学诗能写出惊人的句子,又有什么用呢?长空九万里,大鹏冲天飞正高。风啊!千万别停息,将我这一叶轻舟,直送往蓬莱三仙岛。

这首词作于建炎四年（1130）上半年，此时李清照正处于亡命天涯的逃亡途中，处于人生最艰难的时期。她已经艰难到了几乎撑不下去的地步了，以至于需要靠这种博大的幻想来摆脱当前的困局。这首词便寄托了她的这份幻想和期待。作为一个大家闺秀，李清照从小便娇生惯养，18岁嫁入相府，不敢说锦衣玉食，至少从来没有单独面对过个人生计和人生安危问题。然而此时，为她遮风挡雨的赵明诚去世了，她精神上遭受了一次沉重打击，四顾茫茫天地，竟无她安稳立足之处。

"余又大病，仅存喘息，事势日迫。"（《金石录后序》）由于伤心过度，加上形势紧迫，忧虑焦急，内火攻心，导致她一下子就病倒了，而且病情非常严重，几乎仅剩下能呼吸。

如果仅仅是生病，安心地养一养身子，或许很快就能恢复，然而此时的局势再一次紧张起来。此时"朝廷已分遣六宫，又传江当禁渡"（《金石录后序》）。山雨欲来风满楼啊，隆祐皇太后已率六宫逃往豫章（今江西南昌），预示着金兵即将迫近,建康城已危在旦夕。

面对这样的时局,别说一个拖着病躯的李清照,即便是一个健全的男子尚且自保不暇。李清照此时已年近天命之年,她本是一个从来没有独立处理过重大事件的闺房女性,而此时她身边尚有"书二万卷,金石刻二千卷"等文物,还有可供上百人使用的各类器皿、被褥等,这么多东西的拖累,让李清照呼天天不应,叫地地不灵。面对生活的绝境,她处于崩溃的边缘。眼下手里的东西,既是历史文物,又是赵明诚的遗物,无论从哪一个角度来掂量,她都不甘心让这些宝贝毁于战乱,而要想保护这些东西,她必须找到一个有实力的人来庇护。谁有这个实力呢?此时李清照想到了赵明诚的妹夫——兵部侍郎李擢,此时他正在南昌护卫后宫。洪州有重兵护卫,这样安全系数会高一些。于是李清照决定委托赵明诚生前的两位忠实部下,将一部分文物及行李分批运送到李擢那里,由他暂为保管,并准备身体好了以后便去投奔他。

可是天有不测风云,这一年金军兵分两路,一路向东南方向追击宋高宗赵构，另一路由湖北向南进攻，夹击孟太后一行，隆祐皇太后急忙向岭南一带逃去。

建炎三年（1129）十二月，金兵攻入洪州城，李清照花费大量精力转运过去的文物，顿时毁于战火。

真是雪上加霜啊，李清照精神上又一次蒙受打击。此时她便只剩了少许分量极轻、体积又小的卷轴书帖，以及李白、杜甫、韩愈、柳宗元等的写本诗文集了。还有《世说新语》《盐铁论》，汉、唐刻副本尤有数十轴，三代鼎鼐十几件，南唐写本数箱。这些都是赵明诚生前嘱托不到万不得已不得丢弃的文物，虽然数量不大，但是异常珍贵，所以当时没有运往洪州，才得以逃过一劫。

她偶尔于病中将之取出赏读，或将它们搬于卧室之内，或置枕簟之上。这些岿然独存的心头宝贝，每一件都是她和赵明诚的心血，是他们的回忆，是她的精神寄托啊。伤心过后，她仍旧要直面孤身一人流离世间的事实。于是拖着虚脱的大病未愈的身体，开始思考逃亡的方案了。农历闰八月，赵构离开建康城一路向南仓皇逃窜，李清照必须尽快离开这里。

此时长江上游已经封禁,水路无法通行,而金兵的动态又一时无法预测,她该何去何从呢?她想到了时任敕局删定官的弟弟李迒,走投无路之下,她此时只有这一条活路了,于是她立即携少量轻便的书帖典籍,匆忙南逃,投奔李迒。然而,就在她携部分文物逃亡的过程中,不知道什么时候由什么人发起,向朝廷状告赵明诚,说他将家藏的一个玉壶献给了金人,这可是通敌大罪啊。在如此混乱、如此敏感的时刻,传播着这样的流言,对赵明诚身后的声誉以及剩余文物的存亡,都会造成严重的威胁。如果朝廷真的追究查办,李清照本人的生命安全都很难保全。人言可畏啊,李清照对此非常焦虑。

当然,这个传闻也不是空穴来风,在《金石录后序》中,李清照对这件事有详细的记载和陈述。在赵明诚病重的时候,有一个名叫张飞卿的学士拿着一把玉壶,请赵明诚为他鉴别真伪。

因赵明诚当时已病重,并没有太多的精力去研究这个壶的具体情况，便很含糊地把他打发走了。据李清照回忆，其实那把壶也并非真正的玉石材料，而是一种与玉很接近的珉石，根本没什么价值。

更让他们没有想到的是，张飞卿从赵明诚寓所离开以后，很快便投靠了金人，并把这个玉壶献给金人。此时赵明诚已经去世，张飞卿为了提高这个壶的价值，便添油加醋以赵明诚之口，对这个壶进行过度夸张的评价。因为当时赵明诚是文物鉴定界的泰山北斗啊，他的意见当然能使这个壶的价值倍增，这样可以为张飞卿赢得更好的回报。这件事便被一些别有用心的人传为赵明诚借张飞卿之手向金人献壶，说赵明诚有叛国投敌的嫌疑。

说实话，在那么一个异常动荡的年代，面对这些谣言，李清照根本无力辩驳，也不敢反驳，这种没有证据的事如果过度解释，只能是越描越黑，最终会造成三人成虎的局面，所以她非常恐慌。但是才女毕竟是才女，当她冷静下来后，就开始思考为何会有这样的谣言，制造这些谣言的人的目的是什么。

很快，她就想通了，原来是有些人早就对她手里的文物存有觊觎之心。她清楚在这种飞短流长的舆论氛围中，靠她一个弱女子想保全这些文物看来是力不从心了，于是她毅然决定将所有收藏都无偿捐献给朝廷。一方面，她想借此表达对朝廷的忠心；另一方面，她靠朝廷的力量保全文物，确保这些宝贝不流落到那些别有用心的人手里。

为了向朝廷捐赠这些文物，李清照不辞劳苦地一路追赶宋高宗。而此时宋高宗已如惊弓之鸟，行踪不定，李清照只能根据沿途的消息不断调整自己的方向。

建炎三年闰八月，金兵渡江南侵，宋高宗即率臣僚离开建康城南逃。九月到镇江，十月到越州（今浙江绍兴），随后又逃到明州（今浙江宁波），又从明州入海到定海（今浙江舟山），漂泊海上。金兵追到明州，遇大风暴，停止追击。这总算给了宋高宗一个喘息的机会。于是宋高宗便登陆入驻温州。建炎四年夏金兵撤离江南后，宋高宗便改越州为绍兴府，并暂时入驻绍兴府。建炎三年冬月，当李清照听说宋高宗一行已经跑到了台州，于是急忙向台州赶去，然而赶到台州时，宋高宗一行又一次撤离了，连台州的知州都逃得无影无踪了，于是她掉头回到剡县。直至出了睦州，又丢弃了一些衣被，然后跟随逃亡人流急奔黄岩。

之后，她又雇了船只入海航行，追赶逃亡中的朝廷。到建炎四年夏，她终于打听到朝廷落脚在越州，于是她便又匆匆忙忙地赶往越州。

这首《渔家傲·记梦》便是创作在建炎四年（1130）春夏之交，很可能是她在行船入海的过程中因一场梦境的绮幻而作成的。

李清照通过这首词，幻想能有一条使精神有所寄托的道路，以求摆脱眼前路茫茫、看不到任何希望的境况。于是，在这个梦中，她跨越云雾、横渡天河、回归帝宫、借万里风云到仙山而去。

这种粗犷的笔触、奇谲的想象、丰富的色彩、阔达的场面，赋予这首词以浪漫的情调、豪放的气质，从而和她的其他作品的风格迥然不同。这是一首记梦词，形象奇幻，意境缥缈，富有浓郁的浪漫气息。词一开头，便展现了一幅辽阔、壮美的海天一色图卷。这样的境界开阔大气，为唐五代以及两宋词所少见。写天、云、雾、星河、千帆，景象已极壮丽，其中又准确地嵌入了几个动词，则绘景如活，动态俨然。"接""连"二字把四垂的天幕、汹涌的波涛、弥漫的云雾，自然地组合在一起，形成一种浑茫无际的境界。而"转""舞"两字，则将词人在风浪颠簸中的感受，逼真地传达给读者。所谓"星河欲转"，是写词人从颠簸的船舱中仰望天空，天上的银河似乎在转动一般。"千帆舞"，则写海上刮起了大风，无数的舟船在风浪中飞舞前进。船摇帆舞，星河欲转，既富于生活的真实感，也具有梦境的虚幻性，虚虚实实，为全篇的奇情壮采奠定了基调。

"仿佛梦魂归帝所，闻天语，殷勤问我归何处。"梦魂仿佛回到了天庭，天帝殷切地问我：你打算到何处去？词人在如梦似幻的海上航行，一缕梦魂升入天国，见到慈祥的天帝。现实中，南宋高宗皇帝置人民于水火，只顾自己一路奔逃，李清照南渡以来，一直漂泊天涯，备受排挤与打击，尝尽了人间的白眼。这种遭遇，让词人渴望关怀，渴望温暖，但现实中却不能得到，也只有将之寄托在幻想之中了。因此，词人以浪漫主义的手法，塑造了态度温和、关心生民疾苦的天帝，以此表达自己美好的理想。

一般双叠词中，通常是上阕写景，下阕抒情，并自成起结。过片处，或宕开一笔，或径承上阕意脉，笔断而意不断，却又有相对的独立性。此词则上下两片之间，一气呵成，联系紧密。上阕末二句是写天帝的问话，过片二句是写词人的对答。问答之间，语气衔接，毫不停顿。可称之为"跨片格"。"我报路长嗟日暮"句中的"报"字与上阕的"问"字，便是跨越两片的桥梁。"路长""日暮"，反映了词人晚年孤独无依的痛苦经历，然亦有所本。词人结合自己身世，把屈原在《离骚》中所表达的不惮长途远征，只求日长不暮，以便寻觅天帝，不辞"上下求索"的情怀隐括入律，只用"路长""日暮"四字，便概括了"上下求索"的意念与过程，语言简净自然，浑化无迹。其意与"学诗谩有惊人句"相连，是词人在天帝面前倾诉自己空有才华而遭逢不幸、奋力挣扎的苦闷。着一"谩"字,流露出对现实的强烈不满。词人在现实中知音难遇,欲诉无门,唯有通过这种幻想的形式,才能尽情地抒发胸中的愤懑。怀才不遇是中国传统文人的命运,李清照虽为女流,但作为一位生不逢时的杰出文学家,她也有类似的感慨。

"九万里风鹏正举。风休住,蓬舟吹取三山去。"九万里长空大鹏鸟正展翅高飞。风啊!千万别停息,快快将这一叶轻舟直接送往蓬莱三岛。在上阕,天帝"殷勤问我归何处",这里,词人给予了回答,她梦想的地方是蓬莱、方丈、瀛洲三座仙人居住的仙岛。词人化用《庄子·逍遥游》中的句子,说"九万里风鹏正举",要像大鹏那样乘万里风高飞远举,离开这个让人伤痛的现实社会,因此,词人叫到"风休住,蓬舟吹取三山去"。风,你不要停止,把"我"轻快的小舟吹到仙山去,让"我"在那里过自由自在的生活。在这一问一答之中,词人通过"天帝"和"三山"这两个形象,将自己美好的梦想表达了出来,渴望有好的帝王和好的居所,渴望有人的关心和社会的温暖,渴望自由自在的生活。

这首词把词人真实的生活感受融入梦境,把屈原《离骚》、庄子《逍遥游》以至神话传说谱入宫商,使梦幻与生活、历史与现实融为一体,构成气度恢宏、格调雄奇的意境,充分显示了词人性情中豪放不羁的一面。

好事近·风定落花深

风定落花深,帘外拥红堆雪。
长记海棠开后,正伤春时节。

酒阑歌罢玉尊空,青缸暗明灭。
魂梦不堪幽怨,更一声啼鴂。

风停了,庭前春花一下子凋零了很多。看珠帘之外,那些花瓣如红白相间的雪花,在一层层拥积成堆。

经常想起,每年这个时候故乡庭院里那些海棠,在经历一个短暂的花季盛开以后,会在一夜风雨之后突然全部凋零,那种情景真的让人特别伤感。

远处的歌声停歇了,我也饮尽了酒樽里的残酒。霎时间,这个世界怎么如此空虚,如此寂寞。唯有那青荧的灯火在眼前忽明忽暗地跳动着、闪烁着,除了这灯火以外,仿佛整个世界都是假的，我真的希望这个世界都是假的，包括纠缠着我的烦恼。

我的身心哪里还能经得起这些苦难的折磨啊，我但愿这只是一场幽怨的噩梦，梦醒之后生活一定会重回温馨，阳光会驱散黑夜的阴影，让我重新看到希望。可是突然传来一声声杜鹃的哀鸣，穿透这静谧的午夜，一下子将我的幻想打得粉碎。

这首词作于绍兴元年（1131）暮春。词牌名为《好事近》，其实这段时间李清照没有接近过一件好事。

在通敌之嫌的政治胁迫下，李清照寝食难安。此时，赵明诚已死，流言甚嚣尘上，这可苦了她一个孤苦的女人，在这乱世里遭受着欺凌。所谓"匹夫无罪，怀璧其罪"，李清照拥有着如此庞大数量的稀世珍宝，像一只孤羊置身于荒野一般，引来了群狼环伺。

形势所迫，她无奈将家里所有的青铜器等古物通通拿出来，准备献给掌管国家符宝的朝廷，希望以此求得洗刷和开脱的机会。于是她压载着沉重的货车,沿着宋高宗逃难的路线,奔波于这生死难卜的乱世中。自越州到明州,经奉化、台州入海,又经温州返越州。待她千辛万苦地赶到越州时,却闻圣上已移幸四明。她不敢再将这些东西留在身边了,于是便将所带青铜器连同手抄本,一起寄放于剡县。

不久,官军们搜捕叛逃的士兵时,将它们一起搜刮而去,其实这就是以搜捕逃兵的名义,赤裸裸的抢劫啊。后来听说这些东西已全部归入前李将军府中。经此颠沛流离,所谓"岿然独存"的东西,又去掉了十之五六了。

现在只剩下一些书画砚墨,大约还有五六筐。李清照再也舍不得放在别人处了,于是便常常藏在床榻下,亲自保管着。在越州时,她租居于当地一户钟姓居民家中。因携带着许多价值不菲的文物,引起了盗贼的注意。

有一天夜里,李清照因事外出未回,竟然有人把她的墙壁筑通,偷走了这五筐字画文物。

李清照一卜子失去这么多宝贝,伤心至极。于是她决定重金悬赏，希望能赎回这些文物。果然，两天后，邻家的钟复皓便带着十八轴书画来求赏。她心里顿时便有了数，知道盗贼不会是远人。而那些被盗的东西，自然也就离自己不远了。

她千方百计求钟复皓，让他无论如何也要将剩余的那些东西拿出来，哪怕要价再高一些都可以考虑。但是那人却说什么也不肯再透露一点其他文物的消息了。

后来李清照才知道，原来那些被她视若眼球一样的文物，早就被这个姓钟的以低价卖给了福建转运判官吴说了。既然被人家买走了，他当然怎么也交不出更多的东西了。然而她孤身一人，寄人篱下，就算明知道是那个人偷了又能奈他几何？牙被打掉了只能默默地自己吞进肚里。

这件事深深地刺痛了李清照，她把这件事记录在《金石录后序》中，以示对此人恶劣行径的不原谅。这在知识分子阶层里引起了普遍的愤怒，会稽钟姓也因此而蒙羞。

四百多年后，明朝著名政治家张居正在担任内阁首辅的时候，便为李清照打抱不平。《玉茗琐谈》记载，有一次,张居正听到部吏中有一位姓钟的人,操着浓重的浙江口音,便问:"你是会稽人吗?"钟氏答道:"是。"张居正听后脸色突变,怒气上冲。这位部吏不知道什么原因,连忙解释说:"我是新近从湖广一带迁至会稽的。"然而张居正怒气未消,随便找了个借口把这个人给炒了鱿鱼了。

由此可见《金石录后序》在学术界的影响力有多大,李清照的不幸苦难曾打动过多少能够读懂她的文化人啊。现在,我们带着李清照的这份疼痛,再来赏读一下李清照的这首《好事近》,会有一种什么样的感受呢?

这首词先从室内人的视角看室外景致,后写室内景、室内人。像一段短片,在视角的慢慢挪动中,娓娓表达出主题,抒发伤春之情。

"风定落花深,帘外拥红堆雪。"开篇词人没有写狂风催花是什么状态,而是从"风定"之时写起,并以"落花深"的状态来表达刚刚过去的风是有多么强烈。此时词人不也是从一场轰轰烈烈的风暴中刚刚安定下来吗?她正面在写自然界的风雨,侧面却在诉说着自己的不幸啊。一场疾风骤雨，庭院里落花很深，那么多美丽的花瓣在这场不可抗拒的气象中"拥红堆雪"，眼睁睁看着这些美好的景色在自己面前消失，却毫无办法，无力挽回这一切。这与词人此时的境遇又是何其相似！

在这场翻天覆地的战争中，她失去了家园，失去了丈夫，失去了稳定的无忧无虑的生活，失去了视之为精神寄托的文物……现在寄人篱下，弱女孤身，受尽欺凌。从大家闺秀、豪门贵妇，到此时流落他乡、仰人鼻息，人间这等辛酸她何曾体验过？

自己过去的那些美好就像眼前的花瓣，经不起一起风暴的冲击便"拥红堆雪"，败落在自己的眼前，再也收拾不起来了。有人把这首词与孟浩然的《春晓》"夜来风雨声，花落知多少"以及韩偓的《懒起》"海棠花在否？倒卧卷帘看"进行类比，笔者认为完全不是一种情境，没有什么可比性。前两者都表达着对风雨过后的欣喜之情，甚至俏皮的笔调，而本词却在表达着深度的伤感。

"长记海棠开后，正伤春时节。"词人的回忆闸门被打开，但对往事的具体内容却避而不谈，只是说过去，每年这个时候，老家庭院的海棠花落之时，就是她自己怜香惜玉般地伤春之时。可是，与此时站在绝望的边缘相比，过去的那种"感伤"是何等微不足道，此刻看来，反而是一种温暖、一种幸福。如果她能突然穿越回去，她还能够伤怀吗？绝不可能！只是因为那个时代她再也回不去了，所以才尤其悲伤。

我们来看她这个时期写的另一首诗《偶成》："十五年前花月夜，相从曾赋赏花诗。今看花月混相似，安得情怀似往时。"

十五年前，她在哪里？当然是在青州啊，那个时候与赵明诚花前月下，赏花吟诗，是一段多么幸福的时光啊。现在眼前的花、头顶的月亮跟以前的一样，但此时的心情跟那个时候就没有办法相比了。通过诗的内容，我们能看到她深厚而真挚的感情，端庄而内敛心境。可见她对今昔境遇变化的叹息是有多么沉重啊。"睹物思人"，赵明诚的影子几乎覆盖她全部的回忆，占据了她的整个身心。这种入骨沁血的相思，不断损耗着她的精力。

　　李清照对海棠情有独钟，这或许是因为海棠有"花中神仙"之美称，以及如霞似雪般的秾丽娇娆，尤其是其高贵优雅之美，与词人个性颇为近似的缘故吧。

　　上阕侧重由景生情，为落花而慨叹，而伤春。下阕则自然过渡到对闺门独处、孤寂苦闷生活的描绘。"酒阑歌罢玉尊空，青缸暗明灭。"词人在这里并没有直言其如何孤寂、愁苦，而是通过四个极富象征意味的物体刻画酒阑、歌罢、空的酒杯以及忽明忽暗的油灯，整个画面幽暗、凄清、空冷。孤独其实并不是指一个人处境的孤独，而是指一种精神世界的迷失。此时她是何等敏感和凄凉，像一只受伤后落单的孤雁，置身于陌生的草泽中，有一种寂寞和不安的情绪在黑暗中慢慢地啃噬着她的每一根感性的神经。

　　"魂梦不堪幽怨，更一声啼鴂。"词人白日是惜花伤时，夜晚则借酒浇愁愁更愁。她想在梦中得到一丝慰藉，然而梦中的情景，依旧使梦魂幽怨哀愁。醒来之时，听到窗外凄厉的"啼"声，更增添了悲怆的情感。因为"恐鹈之先鸣兮，使夫百草为之不芳"（屈原《离骚》），春已逝去，百花也已凋落殆尽。这首词抒写的是伤春的凄苦之情，但词人并没有正面来抒写自己的情感，而是通过室内外景物的刻画，把自己的凄情浓愁寄寓其中，因而全词读来，更感其情深沉、凝重。

摊破浣溪沙·病起萧萧两鬓华

病起萧萧两鬓华,
卧看残月上窗纱。
豆蔻连梢煎熟水,莫分茶。

枕上诗书闲处好,
门前风景雨来佳。
终日向人多酝藉,木犀花。

大病初愈,赫然发现我的稀疏两鬓已经增添了一些白发。卧在床榻上看着残月照在窗纱上。将豆蔻煎成沸腾的汤水,不用强打精神分茶而食。

靠在枕上读书是多么闲适,室外在淅淅沥沥地下着小雨,门前的景色在雨中欣赏,似乎比往日更好看呀。这些天来,整日陪伴着我的只有那深沉含蓄的木樨花。

这首词作于绍兴二年（1132）。在不断地漂泊迁徙，不断地被欺凌、被敲诈，以及丢失文物的悲痛和各种惊吓等因素的影响下，李清照的身心不堪重荷，致使本就虚弱的身体，终于承受不住连番打击，于这一年的夏天再一次病倒了。

就在这个时候，影响她后半生的一个人悄然出现了。这个人名字叫张汝舟。张汝舟也是一个读书人，也算是科班出身吧，表面上看来温文儒雅，当时在军队里是一个八品的小官，他主要负责军队的粮草统计以及军饷的核准和发放。

张汝舟因在军队任职，经常与李迒打交道，当他得知李迒便是大名鼎鼎的李清照的弟弟时，便刻意结交李迒，从而有机会接近李清照。

我们来看看她在《投内翰綦公崇礼启》一文里是如何辩解这段情感纠纷的。

"近因疾病，欲至膏肓，牛蚁不分，灰钉已具。"这是说她这个时候已经病得濒临死亡了。"牛蚁不分"引用了《世说新语》中的一个典故。东晋时殷仲堪的父亲病重，身体虚弱，听到床底下蚂蚁爬动的声音，以为是两头牛在打斗，形容一个人重病到了精神恍惚的地步了。"灰钉已具"是说家里人已经给她做好后事的安排，把棺椁里的石灰和棺钉都准备好了，可见她这次病得有多严重。就在李清照病得气若游丝之时，张汝舟殷勤地端汤送水，嘘寒问暖，从而在情感上打动了李迒，使他认为如果能将姐姐托付给张汝舟应该是一个好的归宿。"弟既可欺，持官文书来辄信。"这里李清照又用了一个典故。韩愈《试大理评事王君墓志铭》载，王适托人去侯高家提亲，侯高声言其女非官人不嫁。于是王适便做了一个假文书，前去提亲，侯高信以为真，遂将女儿嫁给王适。意思是说李迒涉世未深，是一个容易被欺骗的老实人，匆忙之间，听信了张汝舟和做媒的人串通欺诈之言，在如此艰难之际，犹豫未定之中，便被连哄带骗地"强以同归。"这里的"强"，应该是勉强的意思。也就是说李清照对这份婚姻并不愿意，但被当时形势所迫，不得已答应了张汝舟的婚约。

李清照此时无父、无夫、无兄长，亦无子，于是这种本应由父、兄做主的大事，便自然落到了弟弟李迒的身上。而此时李清照离开李迒根本生存不下去，弟弟的动机和出发点也是对姐姐的一片真诚，这一点清照又怎么可能看不出来呢？加上张汝舟这般殷勤体贴，甚至偶尔还陪着李清照吟诗作对一番，从而重燃了李清照对生活的期待。

此时，她对自己的境遇比任何人都清楚——居无定所，漂泊不定，受尽世态的炎凉和人情的委屈，此时她多想能有一个肩膀可以依靠一下，有一个人来怜惜一下自己啊，倘若真能出现这样一个人，并陪着自己一路同行，那又何尝不可？

可是婚后不久，李清照便发现张汝舟无论是谈吐，还是学识，都没办法跟赵明诚相提并论，即便是在做人的品行上也让她大失所望。在一次私房的谈话中，张汝舟为了吹嘘自己是如何聪明，便把自己弄虚作假，谎报自己科举考试的次数，从而钻了朝廷科举的空子，获得了一个官职的事夸夸其谈地吹嘘给李清照听。哪知道向来有精神洁癖的李清照一听到这种下作事，当即便感到这个人品行的龌龊。宋朝时有这样一个规定，举子要考到一定的次数，即使没有中进士，也可以获得一定的职务分配，张汝舟便是钻了这样一个空子，从而获得了一个吃皇粮的机会。

尤其让李清照不能接受的是，结婚后，张汝舟便不断地向李清照打听她手里还有什么文物，当李清照坦诚相告自己的文物已经被抢、被偷一空时，张汝舟哪里相信？不断逼要她手里的文物，李清照拿不出来他便是一顿拳脚。

可是他哪里知道，李清照尽管流离失所，尽管温婉柔弱，但她的柔弱的外表下有一副铮铮铁骨，有一个高洁的灵魂。

她哪能受得了这般凌辱呢？于是她做出与张汝舟彻底决裂的决定——离婚！

在宋朝，作为一个女人而提离婚，那可是离经叛典的不道德行为啊。当时的法律有明文规定，女方不能提出离婚，除非男方写出休书；女方单方面提出离婚，不但法律不支持，而且女方是要被判刑的。而张汝舟千方百计地骗取了这桩婚事,目的没有达到,怎么可能轻易出具休书呢?况且刚结婚就离了,这种有失体统的事,会让张汝舟颜面扫地的,所以无论怎样张汝舟是绝对不可能主动休妻的。

以此看来,如果走一般的途径,李清照想离婚那肯定是行不通了。而如果是普通女人,也许就这么委屈、窝囊着,嫁鸡随鸡,嫁狗随狗,了此一生,服输认命罢了。

然而张汝舟这回却碰到了一个硬茬子——李清照再次做出一个惊世骇俗的举动,向官府告发张汝舟"妄增举数入官"这个欺君大罪,拼他个鱼死网破。

尽管在当时的法理上,李清照处于下风,但是在知名度上,张汝舟与李清照远远不是一个段位的。当时,上到庙堂,下到市井,只要读过几年书,能听懂流行歌曲的,李清照几乎是无人不知、无人不晓,他张汝舟算得上哪根葱呢?

李清照状告张汝舟案,在她个人知名度的加持下,迅速上了当时的"热搜",于是这件事竟然惊动了宋高宗,并亲自下令大理寺审理。这样一来,张汝舟的那一点点人脉,借他们八个胆子也不敢再次弄虚作假、蒙混过关了。最终,张汝舟被开除公职,流放到广西柳州。他蹭了李清照的一次热度后便如一只蚂蚁般消失在无尽的时空里,再也无人关注他的死活了。李清照终于如愿以偿地脱离了张汝舟。

然而,按照宋朝《刑统》规定,女人要告丈夫,无论是什么原因,也无论丈夫是否有罪,妻子都必须"徒二年",也就是要做两年牢。对于这条规定,李清照从开始告发时当然就很清楚,但她以自己坐牢的代价来告发张汝舟,可见她对张汝舟之恨已经是多么决绝,应该是深入骨髓了吧。李清照性格之刚烈也由此可见一斑。

当李清照被收监入狱之后,她的知名度和人脉资源便起了很大的作用。李清照的遭遇打动了很多朝廷高层有正义感的官员,翰林学士、中书舍人綦崇礼便是其中之一。

綦崇礼的母亲是赵明诚的姑姑,綦家与赵家都是当地名族,綦崇礼的祖父、父亲皆中明经进士。綦崇礼自幼聪明绝人,10岁能为人写墓志铭。政和八年(1118)中进士,授临淄县主簿，累升起居郎，摄给事中。召试政事堂，为制诰三篇，片刻立就，词翰奇伟，高宗皇帝感到与之相见恨晚，立即拜中书舍人，赐三品服。其进用之快，无人可及，当时他在朝廷所受器重可见一斑。

另外，我们前面讲过赵明诚姨娘家还有一个姨兄，叫谢克家，做过副宰相。而綦崇礼有一个女儿嫁给了谢克家的孙子。所以他和李清照的关系是很亲近的。

李清照入狱后，立即想起了这位表哥，写了一封信给綦崇礼，请求綦崇礼在朝中斡旋。綦崇礼读信后很感动，他大李清照一岁，与李清照之间不仅有亲戚关系，同时也是李清照的粉丝，他对这位表弟媳的才华钦敬有加，更对她的遭遇表示深切的同情。在如此亲密的关系支撑下，綦崇礼无论在道义上还是亲情上，都有帮李清照一把的意愿。

于是綦崇礼跟宋高宗赵构说，那个李清照是个寡妇，这个人不容易，一路南逃，文物丢尽了，被偷光、抢光，现在碰到这个张汝舟，见要不到文物，便对她施行家暴。这个张汝舟考试作弊，骗取功名，人品很坏，现在判李清照徒刑，实在太委屈人家了，还是把她放了吧。这种事在皇上眼里当然轻如鸿毛，无关痒痛，何不做一个顺水人情呢？于是李清照只被关押了九天便被特赦释放了出来。

出狱的这一天离她与张汝舟成婚之日，正好是一百天。出狱后，为感谢綦崇礼的解救之恩，她写下了那篇著名的《投内翰綦公崇礼启》的答谢信，这封信在文史学界具有很高的研究价值。

我们今天要讲的这首词，是一首抒情词，便是李清照在这个时期写的，此时她应该是重病初愈；从词的格调上来看，她心情舒畅，可以看出此词当写在与张汝舟离婚以后。因为词中提到了"木樨花"，即桂花，桂花在九月以后开放，而李清照与张汝舟的结合就是在这一年的二月到九月这段时间。

李清照出狱后因身心再次受到打击，再次病倒，在弟弟的照料下总算慢慢恢复了。脱离张汝舟的纠缠，加上病情好转，心如尘洗，通透明亮，于是写下这首小词表达她病后的生活状态，委婉动人。词中所述多为寻常之事、自然之情，淡淡推出，却有扣人心弦之效。

"病起"，说明曾经长期卧床不起，此刻已能下床活动了。"萧萧"是头发花白稀疏的样子，词中系相对病前而言，因为大病，头发白了许多，而且掉了不少。至此，词人即刻打住，这不仅表现了词人的乐观态度，行文也更简洁。下句另起一意：懒懒的卧在床上，静静地看着残缺的月亮映照在窗纱上。"卧看"，是因为大病初起，身子乏力，同时也说明词人心情闲散，漫不经心，两字极为传神。"上"字说明此乃初升之月，则此残月当为下弦月，此时入夜还浅。病中的人当然不能睡得太晚，写得极为逼真。上句写的是衰象，此句却是乐事，表明词人确实不太以发白为念了。

下面写了看月与煎药。"豆蔻"为植物名，种子有香气，可入药，性辛温，能去寒湿。"熟水"是宋人常用饮料。"分茶"是宋人以沸水冲茶而饮的一种方法，颇为讲究。"莫分茶"即不饮茶，茶性凉，与豆蔻性正相反，故忌之。以豆蔻熟水为饮，即含有以药代茶之意。这又与首句呼应。

人儿斜卧,缺月初上,室中飘散缕缕清香,一派闲静气氛。

下阕写白日消闲情事。观书、散诗、赏景,确实是大病初起的人消磨时光的最好办法。"闲处好",一是说这样看书只能闲暇无事才能如此;一是说闲时也只能看点闲书,看时也很随便,消遣而已。对一个成天闲散在家的人说来,偶尔下一次雨,那雨中的景致,却也较平时别有一种情趣。俞平伯说这两句"写病后光景恰好。说月又说雨,总非一日的事情"(《唐宋词选释》),所见极是。

末句将木樨拟人化,结得隽永有致。"木樨"即桂花,点出时间。本来是自己终日看花,却说花终日"向人",把木樨写得非常多情,同时也表达了词人对木樨的喜爱,见出她终日都把它观赏。"酝藉",写桂花温雅清淡的风度。"酝藉"一词,常用来形容学问渊深、胸怀宽博、待人宽厚的人中表率,如《旧唐书·权德舆传》称他"风流酝藉,为缙绅羽仪"。木樨花小淡黄,芬芳徐吐,不像牡丹夭桃那样只以浓艳媚人,用"酝藉"形容,亦极得神。"酝藉"又可指含蓄香气。

此词明白如话,浑然天成,格调轻快,表现了心境的怡然自得,与词人同时期其他作品的那种凄凉景象有着很大的区别。不仅表现出词人病后身体的舒畅,同时也反映出脱离那种厌恶的婚姻后的爽快心情。

武陵春·春晚

风住尘香花已尽,日晚倦梳头。
物是人非事事休,欲语泪先流。
闻说双溪春尚好,也拟泛轻舟。
只恐双溪舴艋舟,载不动、许多愁。

好不容易盼到风停了,却发现那些美丽的花儿都零落到尘土里,让那些尘土都染上了花粉的香气。

太阳已经升起得很高了,我却懒得起床,也不想去梳妆。

这光阴真是好无情啊,无意间又是一年过来了,眼前的景物还是以前的样子,而我却不断地越来越衰老了,再没有以前的那个样子了,曾经幻想的美好,都不得不在这无情的岁月面前悄悄地放下,再没有什么期待了。

多想找个人来倾诉一下自己的苦恼啊，可是就怕自己还来不及开口，就已泪眼婆娑了。听说金华东南的双溪滩那边的春色特别好，我也好想坐个小船过去看看。

就是担心这双溪上那些像蚱蜢般的小船啊，哪里能载得动我这么多的忧愁啊。

这首词作于绍兴五年（1135）三月词人避乱金华之时，此时她处于国破、家亡、丧夫、婚变、毁谤、颠沛流离等重重叠叠的苦难之中，人生的劫难像放幻灯片一样一个跟着一个地压迫过来，让她痛苦、忧伤、迷惘、无助。这种人生最低谷时的感伤、忧愁和烦恼，像一座沉重的大山压在她的心头，让她几乎要窒息，几乎要崩溃。

婚变事件后，李清照因精神上受到重大打击，一下子衰老了很多。渐渐地，她变得沉静，如同一枚逐渐成熟的果实，将所有外在的声色光芒，都收敛到自己的内心深处。

在出狱后的很长一段时间里，她几乎天天闭门谢客，修心独处。也许是赵明诚在天之灵的指点吧，一日无聊之中她无意间翻阅起赵明诚《金石录》手稿。前尘往事，一股脑涌上心头。蓦然间，她仿佛看到了赵明诚站到了她的眼前，看到屏居青州的清苦和恩爱；看到了东莱府邸赵明诚著书，自己拓印的亲密；看到他池阳一别勒马回头的意气风发；看到他建康城里临别前把这本手稿郑重托付给自己时的不舍……

看到爱人的这份手稿，李清照再也控制不住自己的情感，抱在怀里放声痛哭。此时思念、忏悔、委屈、疼痛……千般滋味、万种感受像冲出山崖的瀑布般，狂泄直下，一发难收。

抚今叹昔，相思泉涌。于是她奋笔作书，用尽平生之力，追忆自己与赵明诚一起生活的点点滴滴。介绍了他们夫妇二人收集、整理金石文物的经过和《金石录》的内容与成书过程，回忆了婚后三十四年间的忧患得失，婉转曲折，细密翔实，语言简洁流畅。这便是被后人广为传诵的《金石录后序》。这是一篇风格清新、词采俊逸的佳作，它的特点主要在一个"真"字，李清照把她对丈夫赵明诚的真挚而深婉的感情，倾注于行云流水般的文笔中，娓娓动人地叙述着自己的经历和衷曲，使读者随着她的欢欣而欢欣，随着她的悲切而悲切，让人心驰神往，掩卷凄然。

这既是一篇书序，也是一篇对亡人充满深情的悼文，"今日忽阅此书，如见故人……今手泽如新，而墓木已拱，悲夫"等诸句，至今读来仍让人不禁凄然。这篇文章的结尾，李清照落款道："绍兴四年，太岁在壬，八月初一甲寅，易安屋题。"撰罢此序，又经过约十年的苦心润色，李清照于绍兴十三年（1143）前后，将《金石录》表进朝廷；大约绍兴二十五年（1155），该书版印行于世，受到当时文化名流的一片好评，朱熹就曾盛誉"煞做得好"，对赵明诚的文行高超给予很高的赞誉。殊不知，其中的精妙之处，有多少是李清照的心血啊。犹如一块巨石落地，李清照终于为这部皇皇巨著画上了一个重重的句号。这一年九月，金、齐合兵，分道侵犯南宋，情急之下，李清照再一次整装南下，随着逃难的人流，离开临安向金华方向逃去。

途中经过严子陵隐居的钓台，李清照心底不禁一阵感怀，遂写下一首著名的《夜发严滩》诗：

> 巨舰只缘因利往，扁舟亦是为名来。
> 往来有愧先生德，特地通宵过钓台。

意思是：大船只是因为有利可图才来往，小舟也是为了追逐名利才来往。先生的品德使往来的人羞愧，他们都特地趁黑夜悄悄地从钓台驶过。

这首诗对汉隐士严子陵表示崇敬之情，对为名缰利锁所羁的世人作了形象地刻画。诗人承认自己挣脱不开名缰利锁，同时也是不愿为名缰利锁所羁。

她只用28个字，却把当时临安行都朝野人士卑怯自私的情形，描绘得淋漓尽致。这时，词人也没有饶恕自己的苟活偷安，竟以为无颜对严光的盛德，所以"特地通宵过钓台"，既生动又深刻地表达出自己的惶愧之心。李清照这种知耻之心，与当时那些出卖国家利益的无耻之徒相比，确实可敬得多了。

这年十月，她逃到了金华，寄居于一陈姓人家，此时她已经精疲力竭，形销骨立。再次安定下来，她性情大变，变得沉默寡言。

这段日子里，她一直把自己关在屋子里，放下一副棋盘，自己跟自己搏杀。

这是一场自己与自己的战争。所有的厮杀与和解，都在一方小小的图纸上发生与终结。沉默却并不沉静。所有的对话、情感、受想行识、精神形态，都在她与自己的对弈之间，静默地连续着。她感受到自处的充实和圆满。

人生,何尝不是一盘自己与自己的对弈呢？步步是局，付出的，得到的，都只有自己享受或承担。人最大的敌人，不来自外界，只来自这一个从不肯安分的自己，她的格局，她的思想，她的战略，她的决定，统统只来自她。想到这些，她忽然有一种从没有过的通透。

一天夜里，她在床上辗转难眠，呆呆地看着窗格，回想着睡前一盘没有结局的棋局，难以入眠。于是索性起床，翻看起古人的棋谱，研究起博弈的规则来。

李清照会玩很多种古代的博弈游戏，她说：采选、打马，是闺房中雅致的游戏。很遗憾，采选太过繁杂，翻检起来不方便，所以会玩的人少，我很少遇到对手。打马倒是简单，可惜没有文采。

打马有两种：一种是一将十马，叫关西马；一种是没有将，二十马，叫依经马。流行的时间长了，就有各种各样的图谱和规矩可以参考，但其中的规则，各不相同。宣和年间，有人把两种玩法综合起来，又加以减约，增加了凭运气的成分，使打马的传统理念荡然无存，这就是宣和马。

于是她在古人的基础上，重新编制了打马的规则，提高了难度，减少游戏的运气成分，而是增加推理和算计的概率，同时让子侄辈们根据她的设想，画出相对应的图片，以供游戏者们参考和学习。这便是李清照的《打马图经》。后来她又用骈体文为这个游戏写了一篇《打马赋》，对打马游戏中的各种规则进行说明，此赋与《打马图经序》联袂成文。序旨在介绍及分解；赋，则意在指导和教学。两篇文章相互辉映，可称为"打马双璧"。

《打马图赋》中有云："平生不负，遂成剑阁之师。"此句可谓一语道尽了她空有抱负而无从施展的遗憾之意。

在李清照人生最低谷的这段时期，由于远避世事，她的艺术作品出现了井喷式的增长。其中非常著名的《上枢密韩肖胄诗二首》便是这段时期所作。因篇幅原因，我们这里不能展开叙述。

就在避乱金华的这段时间，她应友人相约，外出郊游，途经"八咏楼"时，即兴创作了一首七言绝句《题八咏楼》，悲宋室之不振，慨江山之难守，其"江山留与后人愁"之句，堪称千古绝唱。

"千古风流八咏楼，江山留与后人愁。"仅仅是这开头的两句，便有一种直击人心的力量，使得人们读了之后感慨万千；我一个人登上这八咏楼，只能是远望逸情，除了这样我又还能做什么呢？只好是把国事的忧愁全部放下，并且把这些事情都留给后人，我们现在都是无能为力。

诗人这样的一种描写,其实更多的是一种无奈,同时也更加说明了诗人内心的那种忧愁。

"水通南国三千里,气压江城十四州。"我现在所处的地方,到处都是密密麻麻的水道,而且足足有三千多里,可以直接到达江南,这个地方可以说是一个极好的地方,只要是谁能够守住这个地方,那可以直接影响着江南十四州。李清照在这两句中,又以战略家的眼光来看待事物,从而也使得这首诗显得更为独特,也更加生动。

李清照最屈辱、最痛苦的时期,也是她创作最鼎盛的时期,我们不知道有多少作品已经失传,但相信一定不是一个小数目。与她同一时期的朱敦儒曾有一首《鹊桥仙·和李易安金鱼池莲》的词,由此可见这个时期李清照肯定创作过一首《鹊桥仙·金鱼池莲》,但我们从任何文献里都查不到这首词的存在。

这首《武陵春·春晚》也是词人这段时间所作,其间意境亦非一般的闺情闺怨词所能比。这首词借暮春之景,写出了词人内心深处的苦闷和忧愁。全词一长三叹,语言优美，意境悠远，有言尽而意不尽之美。

这首词继承了传统的词的做法，采用了类似后来戏曲中的代言体，以第一人称的口吻，用深沉忧郁的旋律，塑造了一个孤苦凄凉环境中流荡无依的才女形象。

全词简练含蓄，足见李清照炼字造句之功力。其中"风住尘香花已尽"一句已达至境，既点出此前风吹雨打、落红成阵的情景，又绘出现今雨过天晴，落花已化为尘土的韵味；既写出了词人雨天不得出外的苦闷，又写出了她惜春自伤的感慨，真可谓意味无穷尽。

这首词由表及里，从外到内，步步深入，层层开掘，上阕侧重于外形，下阕多偏重于内心。"日晚卷梳头""欲语泪先流"是描摹人物的外部动作和神态。这里所写的"日晚卷梳头"，是另外一种心境。这时她因金人南下，几经丧乱，志同道合的丈夫赵明诚早已逝世，自己只身流落金华，眼前所见的是一年一度的春景，睹物思人，物是人非，不禁悲从中来，感到万事皆休，无穷索寞。因此她日高方起，懒于梳理。"欲语泪先流"，写得鲜明而又深刻。这里李清照写泪,先以"欲语"作为铺垫,然后让泪夺眶而出,简单五个字,下语看似平易,用意却无比精深,把那种难以控制的满腹忧愁一下子倾泻出来,感人肺腑,动人心弦。

词的下阕着重挖掘内心感情。她首先连用了"闻说""也拟""只恐"三组虚字,作为起伏转折的契机,一波三折,感人至深。第一句"闻说双溪春正好"陡然一扬,词人刚刚还流泪,可是一听说金华郊外的双溪春光明媚、游人如织,她这个平日喜爱游览的人遂起出游之兴,"也拟泛轻舟"了。"春尚好""泛轻舟"措辞轻松,节奏明快,恰到好处地表现了词人一刹那间的喜悦心情。而"泛轻舟"之前着"也拟"二字,更显得婉曲低回,说明词人出游之兴是一时所起,并不十分强烈。"轻舟"一词为下文的愁重做了很好的铺垫和烘托,至"只恐"以下两句,则是铺足之后来一个猛烈的跌宕,使感情显得无比深沉。这里,上阕所说的"日晚倦梳头""欲语泪先流"的原因,也得到了深刻揭示。

这首词艺术表现上的突出特点是巧妙运用多种修辞手

法，特别是比喻。诗歌中用比喻，是常见的现象；然而要用得新颖，却非常不易。好的比喻往往将精神化为物质，将抽象的感情化为具体的形象，饶有新意，各具特色。这首词里，李清照说："只恐双溪舴艋舟，载不动、许多愁。"同样是用夸张的比喻形容"愁"，但她自铸新辞，而且用得非常自然妥帖，不着痕迹。读者说它自然妥帖，是因为它承上句"轻舟"而来，而"轻舟"又是承"双溪"而来，寓情于景，浑然天成，构成了完整的意境。

永遇乐·落日熔金

落日熔金,暮云合璧,人在何处?
染柳烟浓,吹梅笛怨,春意知几许!
元宵佳节,融和天气,次第岂无风雨?
来相召,香车宝马,谢他酒朋诗侣。

中州盛日,闺门多暇,记得偏重三五。
铺翠冠儿,捻金雪柳,簇带争济楚。
如今憔悴,风鬟霜鬓,怕见夜间出去。
不如向,帘儿底下,听人笑语。

落日金光灿灿,像熔化的金水一般;暮云色彩苍青,仿佛碧玉一样晶莹鲜艳。景致如此美好,可我如今又置身于哪里呢?

新生的柳叶如绿烟点染,《梅花落》的笛曲中传出声声幽怨。春天的气息已露端倪。

但在这元宵佳节融和的天气,又怎能知道不会有风雨出现?

那些酒朋诗友驾着华丽的车马前来相召，我只能报以婉言，因为我心中愁闷焦烦。

记得汴京繁盛的岁月，闺中有许多闲暇，特别看重这正月十五。

帽子镶嵌着翡翠宝珠，身上带着金捻成的雪柳，个个打扮得俊丽翘楚。

如今容颜憔悴，头发蓬松也无心梳理，更怕在夜间出去。不如到帘儿的底下，听一听别人的欢声笑语。

这首词应该创作于绍兴九年（1139）正月。这个时候李清照再一次回到临安。

树高风头紧，名大是非多。我们不得不承认在当时李清照的名气要远大于一般的文人。一方面是因为她作为一个女性，而有着超人的写作水平；另一方面是因为作为当时最著名收藏家的遗孀，很多人都惦记着她手里的宝贝。绍兴五年，李清照继"玉壶颁金"事件之后，再次被卷入一场有预谋的政治风暴。有人向皇帝举报，说李清照私藏

《哲宗皇帝实录》档案，这可是一宗大罪啊。

《宋会要辑稿》记载："五年五月三日，诏令婺州取索故直龙图阁赵明诚家藏《哲宗皇帝实录》缴进。"此时，赵明诚的妹婿李擢为婺州知州。皇帝下旨命令李擢去李清照那里收缴《哲宗皇帝实录》这份档案，说白了就是查抄李清照的档案资料。

这回可把李清照吓得不知所措，因为所有人都知道，她避乱金华主要就是来投靠李擢的，现在朝廷命李擢来查抄她的居室，无论有没有这份档案，最终都会连累到李擢。

为了避免李擢受牵连，李清照便立即离开金华。辗转再三，拖着疲惫不堪的身子再次回到了临安。艰难地安顿下来以后，她下定决心，定居于此，再也不想四处奔波了。

在这里，李清照于一片清寂中度过了自己的最后一段时光。她远离尘嚣，不与外界沟通。然而她的诗词名气，却开始广泛流传于民间。

彼时战乱已歇，民间文人雅士们纷纷拾起放弃了多年的诗词雅趣，加入南宋的风雅团队之中，并有诸多文集成著。

绍兴八年,张琰为李格非的《洛阳名园记》作序,其间记述了李易安上诗救父的逸事:"山东李文叔记洛阳名园凡十有九处……女适赵相挺之之子,亦能诗。上赵相救其父云:'何况人间父子情!'识者哀之。"

此后,便陆续有诸多记述李清照生平事迹以及评论其诗词文赋的著作产生。李清照为一时文人笔下的名人。胡仔的《苕溪渔隐丛话》、王灼的《碧鸡漫志》等都是这个时期的作品。

绍兴九年春正月初五,宋、金和议成功,大赦天下。给老百姓带来深重苦难的战乱终于结束了,举国上下一片欢腾。这一年的元宵节,临安城终于出现了久违的节日气氛。人们纷纷走出家门,庆祝战争的离去。

看着人们在尽情地享受着这来之不易的太平,李清照的心情却怎么也高兴不起来,她慢慢地关上自己的窗扉,提笔写下这首著名的《永遇乐　元宵》。

这首词上阕写寓处元宵佳节的景况,将表面的祥和太平与内心的忧虑结合在一起。下阕着重回忆早年在京城汴梁过元宵佳节的装扮和欢快，再与现实中自己的憔悴孤单作对比，借以抒发自己的故国之思和漂泊之愁，并含蓄地表现了对南宋统治者苟且偷安的不满。词语化俗为雅，极为平易，未言哀痛而哀情溢于言表。

南宋末年，著名的爱国词人刘辰翁曾在文章记述道："余自乙亥上元诵李易安《永遇乐》，为之涕下。今三年矣，每闻此词，辄不自堪。"由此可见，李清照晚年的作品，已脱离了小情调、小悲欢的个人情感的层次，而上升到了心系天下安危、俯瞰众生悲欢的高度。这才让后来每一个经历过这番离乱的人们，读到她的诗词便如读自身的不幸，从而产生共鸣。

词的上阕写元宵佳节寓居异乡的悲凉心情，着重对比客观现实的欢快和她主观心情的凄凉。起始二句"落日熔金，暮云合璧"，写晚晴，正是欢度节日的好天气，意境开阔，色彩绚丽。紧接"人在何处"四字，点出自己的处境：漂泊异乡，无家可归，同吉日良辰形成鲜明对照。这里的

"人",有的评论者认为指李清照所怀念的亲人,从文意上看,似不如指词人自己为好。前三句写当时的天气,次三句写当时的季节。"染柳烟浓,吹梅笛怨",点出时令是初春。上句从视觉着眼,写早春时节初生细柳被淡烟笼罩;下句从听觉落笔,通过笛声传来的哀怨曲调,联想到"砌下落梅如雪乱"的初春景色。四处充满春意,景色宜人,但在词人看来,毕竟"春意知几许",还远不是很浓郁的。虽是"元宵佳节""融和天气",可是这些年来国事的变化、身世的坎坷,使得词人产生了"物是人非""好景不常"之感。所以在"融和天气"之后,她立即指出"次第岂无风雨"的可能,在淡淡的春意中又掺进了浓浓的隐忧。以上三小节结构相类,都是两个四字句,是实写,写客观景色的宜人,紧接着一个问句,反衬出主观的不同感受。归结到本篇的主题:身逢佳节,天气虽好,却无心赏玩。因此,虽然有"酒朋诗侣"用"香车宝马"来邀请她去观灯赏月,也只好婉言谢绝了。表面上的理由是怕碰上"风雨",实际上是国难当前,早已失去了赏灯玩月的心情。如果是在太平盛世的当年，情况就大不相同了。这样，词人很自然地转到当年汴京欢度节日的回忆上来。

　　词的下阕着重用词人南渡前在汴京过元宵佳节的欢乐心情，来同当前的凄凉景象作对比。"中州"指北宋都城汴京，即今河南省开封市；"三五"，指正月十五日，即元宵节。当时宋王朝为了点缀太平，在元宵节极尽铺张之能事。《大宋宣和遗事》记载，"从腊月初一直点灯到正月十六日"，真是"家家灯火，处处管弦"。其中提到宣和六年正月十四日夜的景象："京师民有似云浪，尽头上带着玉梅、雪柳、闹蛾儿，直到鳌山看灯。"孟元老《东京梦华录》"正月十六日"条也有类似的记载。这首词里的"铺翠冠儿，捻金雪柳，簇带争济楚"，写的正是词人当年同"闺门"女伴，心情愉快，盛装出游的情景。全是写实，并非虚构。可是，好景不长，金兵入侵，自己只落得漂流异地。如今人老了，憔悴了，白发蓬乱，虽又值佳节，哪还有心思出外游赏呢？"不如向，帘儿底下，听人笑语"，更反衬出词人伤感孤凄的心境。

这首词不仅情感真切动人，语言也很质朴自然。词人在这首词的下阕中，无论是用当年在汴京赏灯过节来作今昔对比，还是用今天的游人的欢乐来反衬自己的处境，都能更好地刻画出词人眼前的凄凉心情。真是语似平淡而实沉痛已极。

孤雁儿·藤床纸帐朝眠起（并序）

世人作梅词，下笔便俗。予试作一篇，乃知前言不妄耳。

藤床纸帐朝眠起，
说不尽，无佳思。
沉香断续玉炉寒，伴我情怀如水。
笛声三弄，梅心惊破，多少游春意。

小风疏雨萧萧地，
又催下，千行泪。
吹箫人去玉楼空，肠断与谁同倚？
一枝折得，人间天上，没个人堪寄。

梅花的美好已经让前人写尽了，当今人再来写梅花，却总也写不出新意。我今天也试着来写一篇，写好后才发现，前面所说的确不是假话。

下卷 277

初春的早晨在这雅致的藤床纸帐中醒来,却有一种说不尽的伤感与思念。

此时室内唯有时断时续的香烟以及香烟灭了的玉炉相伴,我的情绪如水一样凄凉孤寂。

《梅花三弄》的笛曲吹开了枝头的梅花,春天虽然来临了,却引起了我无限的幽恨。

门外细雨潇潇下个不停,门内伊人枯坐,泪下千行。

明诚既逝,人去楼空,纵有梅花好景,又有谁与自己倚阑同赏呢?

今天折下梅花,找遍人间天上,四处茫茫,没有一人可供寄赠。

这首词创作于绍兴十八年(1148)左右,此时李清照65岁。这一年,胡仔的《苕溪渔隐丛话》(前集)问世,其间记录了李清照许多逸事。

其后一年,王灼的《碧鸡漫志》在成都问世,其中卷二载有李清照的一些生平事迹。记她丧夫再适后讼离等事,谓易安"再嫁某氏,讼而离之",并评价李清照作品及为人,贬多于褒。

继此之后的一两年内,李清照老师晁补之有一侄儿晁公武所作《郡斋读书志》以及洪适和《赵明诚〈金石器〉》等,先后于临安成稿,分别对李清照和赵明诚的生平事迹进行了一部分记载。

绍兴二十年(1150),李清照自上表《金石录》后,再次拾起了从前与明诚视若珍宝的、于流离途中与她"共存亡"而得以保护下来的旧藏字帖。睹物思人,她不胜感怀。看着这些杂乱的收藏,她决定完成赵明诚生前未能完成的心愿,替明诚考证、鉴定这些字帖的真伪,评价作品的优劣。

一日,她无意间翻出两册米元章(米芾)的《灵峰行记帖》和《寿时宰词帖》,越看越喜欢,却没看到赵明诚在上面题跋。

她感觉这么好的帖子没有跋,会让后人对它的真伪缺少可信的依据。于是她便带着这两册帖子,两次拜访米芾之子——著名书法家米友仁,为这两册帖子向米友仁求跋。

当时米友仁已是那个时代的书坛泰斗了,他的书法领南宋一时风尚。人称米芾为"大米",称米友仁为"小米"。此时米友仁已是 75 岁的高龄了。

见到父亲的字,他老泪纵横,遂在《灵峰行记帖》写道:"拜观不胜感泣。先子寻常为字,但乘兴而为之。今之数句,可比黄金千两耳,呵呵。敷文阁直学士,右朝议大夫,提举佑神观友仁谨跋。"诸如此类的"可比黄金千两""有云烟卷舒翔动之气"等语不仅是米友仁对其父亲墨迹的赞扬,同时也是对李清照带来的这两册字帖是真迹的肯定。

在《寿时宰词帖》上,米友仁题跋道:"先子因暇日偶,今不见四十年矣。易安居士求跋,谨以书之。敷文阁直学士,右朝议大夫,提举佑神观友仁谨跋。"

米友仁这两篇题跋的学术价值极高,从中我们不仅能确定这两册字帖的真伪,同时还能研究出米芾平时写字的习惯和状态。如今这两册帖均藏于国家博物馆,两册字帖上分别有"大米"和"小米"的真迹,李清照为后人留下的文化遗产不可谓不珍贵啊。

绍兴十一年(1141)，宋、金议和最终尘埃落定。次年，一代名将岳飞被杀于临安大理寺，逝时年方39岁。天下莫不为之哀绝。

晚年的李清照生活异常的困窘，因常年的颠沛流离，早将自己的一点点积蓄花了个精光。她后期的生活不得不依靠自己的弟弟以及赵明诚的兄弟姐妹们的接济，但这些接济是不稳定的，所以李清照只能过着十分简朴的生活。

在李清照花甲之年左右，学士院恢复进帖子词，百官赐春幡胜。而李清照因诗文名气颇大，所以常被学士院的文人们邀请撰帖，因而她也能由此获得一些酬劳。这个时期她写的帖子很多，但流传下来的却很少。比如：

皇帝阁春帖子

莫进黄金簟，新除玉局床。

春风送庭燎，不复用沉香。

贵妃阁春帖子

金环半后礼，钩弋比昭阳。

春生百子帐，喜入万年觞。

  这些帖子，因应时节，用语吉祥合意，可见撰帖人的蕙质兰心。然而，有一次当朝宰相秦桧的哥哥秦梓邀请李清照替他做一篇帖子，因秦桧的夫人王氏是李清照的表妹，秦梓以为李清照冲着这层关系，一定不会拒绝。然而李清照因秦桧陷害名将岳飞一事，对秦氏兄弟耿耿于怀，于是拒绝了秦梓的请求。她也由此得罪了秦梓，于是秦梓将朝廷应赐给李清照的金帛之类的赏赐全部扣下来，只命人象征性地给一点微薄的酬劳打发了事。由此可见秦氏兄弟气量之狭小，不足以担国之大任。由于秦梓也是翰林学士，后来有人说李清照的那篇"投翰林学士启"一文是投给秦桧家人的，但从这件事上来看，李清照与秦氏兄弟的关系并没有人们想象中的那么亲密，可见上述观点不能成立。

  这篇《孤雁儿》便是创作于这个时期。透过这首词，我们或许能够窥探出李清照此时的所思所想以及生活状态。"藤床纸帐朝眠起,说不尽,无佳思。"开门见山,倾诉寡居之苦。藤床,乃今之藤躺椅。明代高濂《遵生八笺》记载,藤制,上有倚圈靠背,后有活动撑脚,便于调节高低。纸帐,亦名梅花纸帐。宋代林洪《山家清供》云,其上作大方形帐顶,四周用细白布制成帐罩,中置布单、楮衾、菊枕、蒲褥。宋人词作中,这种陈设大都表现凄凉懈怠情景。朱敦儒《念奴娇》云:"照我藤床凉似水。"意境相似,写一榻横陈,日高方起,心情孤寂无聊。"沉香断续玉炉寒",使人想起词人《醉花阴》中的"瑞脑销金兽"。然而这一"寒"字,更突出了环境的凄冷与心境之痛苦。此时室内唯有时断时续的香烟以及香烟灭了的玉炉相伴。"伴我情怀如水"一句,把悲苦之情变成具体可感的形象。

"笛声三弄,梅心惊破,多少游春意。"以汉代横吹曲中的《梅花落》照应咏梅的命题,让人联想到园中的梅花,好像一声笛曲,催绽万树梅花,带来春天的消息。然

"梅心惊破"一语更奇,不仅说明词人语言的运用上有所发展,而且显示出她感情上曾被激起一刹那的波澜,然而意思很含蓄。闻笛怀人,因梅思春,李清照的词中不止一次用过。这是一歇拍,词从这一句开始自然地过渡到下阕。上阕主要写自己的凄冷孤苦,下阕则着重写对爱侣赵明诚的思念。

下阕正面抒写悼亡之情,词境由晴而雨,跌宕之中意脉相续。"小风"句,将外境与内境融为一体。门外细雨潇潇,下个不停;门内伊人枯坐,泪下千行。以雨催泪,以雨衬泪,写感情的变化,层次鲜明,步步开掘,愈写愈深刻;但为什么"无佳思",为什么"情怀如水"和泪下千行,却没有言明。直至"吹箫人去玉楼空,肠断与谁同倚",才点明怀念丈夫的主旨。"吹箫人去"用的是秦穆公女弄玉与其夫箫史的典故,见《列仙传》。这里的"吹箫人"是说箫史,比拟赵明诚。明诚既逝,人去楼空,纵有梅花好景,又有谁与她倚阑同赏呢?词人回想当年循城远览、踏雪寻梅的情景,心中不由怆然感伤。

结尾三句化用陆凯赠梅与范晔的故事，表达了深重的哀思。陆凯当年思念远在长安的友人范晔，曾折下梅花赋诗以赠。可是词人今天折下梅花，找遍人间天上，四处茫茫，没有一人可供寄赠。其中"人间天上"一语，写尽了寻觅之苦；"没个人堪寄"，写尽了怅然若失之伤。全词至此，戛然而止，而一曲哀音，却缭绕不绝。

　　这首词妙在化用典故，宛若己出；咏梅悼亡，浑然一体；口语入词，以俗写雅，独树一帜。

添字采桑子·芭蕉

窗前谁种芭蕉树？阴满中庭。
阴满中庭,
叶叶心心,舒卷有余情。

伤心枕上三更雨,点滴霖霪。
点滴霖霪,
愁损北人,不惯起来听。

不知是谁在窗前种下的芭蕉树,一片浓荫,遮盖了整个院落。

叶片和不断伸展的叶心相互依恋,一张张,一面面,遮蔽了庭院。

满怀愁情,无法入睡,偏偏又在三更时分下起了雨,点点滴滴,响个不停。

雨声淅沥,不停敲打着我的心扉。我实在听不下去了,于是索性披衣起床,等待东方破晓。

这首词创作于词人生命的尾声,近乎人生绝唱吧。岁月如流,渐次更迭。转眼间,李清照已年过七旬。

有一天,邻里一户人家生了一对孪生子。街坊邻居都纷纷过去探望,无不感叹这兄弟二人无从辨认般相似。那户人家便亲自登门,邀请大名鼎鼎的李清照过去,帮他家的两个孩子取一个好名字。

李清照应邀前往。两个玉儿般的小人儿躺在襁褓中时,娇嫩得惹人爱怜。一模一样,果然是无从辨认。

母亲将两根五彩绳分别系在两兄弟的小臂上和脚上,用这个方式来分辨谁是刚刚吃过奶的孩子。

李清照看到这两个娇嫩的小生命,内心受到莫大的震撼。她一生无子,尚未能体会到做母亲的那份疼痛和柔软。而此刻,她的那份母爱却忽然间被唤醒,她似乎是第一次这样近距离地触碰到生命无限的神圣与纯净。兴奋之余,她提笔第一次为别人写贺生启:

贺（人）孪生启

无午未二时之分，有伯仲两喈之侣。既系臂而系足，实难弟而难兄。玉刻双璋，锦挑对袜。

这则故事在《琅嬛记》以及《古今词统》《宋诗纪事》《词林纪事》都有记载。清代沈瑾辑录的《漱玉词》附诗文也进行了收录。

李清照晚年曾与陆游的前妻唐婉有过一段交集。唐婉是宋代著名的大商人唐闳的爱女，她的母亲李氏也是一位才女。唐婉在9岁的时候就拜师李清照了，且李清照为她起了名字叫作蕙仙。唐婉自幼就显得很聪明伶俐，很早就有才名了。

唐婉在与陆游成婚后，因两人贪恋吟风诵月，以致荒废了陆游的科举学业。陆游母亲深厌恶之，并逼陆游与之离婚。后来唐婉与陆游在沈园不期而遇，陆游伤心欲绝，写下那首著名的《钗头凤》：

红酥手，黄縢酒，

满城春色宫墙柳。

东风恶，欢情薄，

一杯愁绪，几年离索。

错！错！错！

春如旧，人空瘦，

泪痕红浥鲛绡透。

桃花落，闲池阁，

山盟虽在，锦书难托。

莫，莫，莫！

唐婉看到陆游所题的那首《钗头凤》，得知其一直没有忘掉自己的心意后，想起当初与陆游的点点滴滴，伤怀不已，于是也跟着写了一篇《钗头凤》：

世情薄，人情恶，

雨送黄昏花易落。

晓风干，泪痕残。

欲笺心事，独语斜阑。

难，难，难！

人成各，今非昨，

病魂常似秋千索。

角声寒，夜阑珊。

怕人寻问，咽泪装欢。

瞒，瞒，瞒！

全词哀婉动人，情感复杂，表达了她矛盾的情思、恋旧的情怀。"问世间情是何物，直教生死相许。"此后唐婉便沉默寡欢，积郁成疾，最终一病不起。她玉殒香消时，年仅28岁，怎么不令人扼腕叹息？

李清照与唐婉的缘分也只是两个人间如过客一般擦肩而过，没有更多的逸事记载。李清照实实在在收过一个女弟子，名叫韩玉父。她与李清照一样，同属南渡之人，但终究跟她缘分不深。而且这个孩子眉宇之间总有些晦郁之气，似乎暗示着此人一生有着某些隐约的苦难。后来彼此失散于离乱之中，此后她便再也没有收过弟子。《彤管遗篇》记载：韩玉父后来嫁给太学生林子建为妻，可是她命运堪怜，最后与林子建上演了一场"秦香莲苦寻陈世美"的悲剧。她于追寻夫君途中在一个叫漠口铺的地方，题下了一首诗《题漠口铺诗并序》。其中自况身世，悲苦不已，流传于世。

南行逾万山，复入武阳路。

黎明与鸡兴，理发漠口铺。

盱江在何所，极目烟水暮。

生平良自珍，羞为浪子妇。

李清照一生没有子嗣，晚年的她独自居住在西湖边上，此时她已年逾古稀。她一直在想收一个有诗词天赋的弟子，将自己生平所学倾囊相授,遗憾的是她一直未能遇见合适的人选。

有一天,她家附近搬来了一位孙姓的新邻居。新邻居的户主名叫孙综,是一位从七品的宣议郎。尽管在朝中当官,可孙综对仕途颇为冷淡,出身书香世家的他,倒是喜欢写诗填词。

偶然间,孙综听说当代著名的词人李清照就住在附近,于是他便以晚辈的身份多次前去拜访。两人都是文化人,志趣相同,相谈甚欢。久了,便熟络起来。

之后,孙综夫妇便带着女儿,前来看望李清照。李清照第一次见到了这个长相清秀、天资聪明的女孩,心里甚是喜欢,便动起了收徒的念头。几番寒暄过后,李清照终于说出了自己的想法。

然而李清照还是失望了,这个女孩虽然聪慧,却毫不领情地拒绝了李清照,并且说:"才藻非女子事也。"意思是女子无才便是德,吟诗作赋不是女子该做的事,做个三从四德的贤妻良母才是正道。

从一个幼童嘴里竟然说出这样一句话，无疑让李清照心寒。在那个男权的时代，女人的这种自弃是多么可悲啊。而才华对女性来说，往往是累赘。钱锺书在《围城》里曾说过："夸一个女人有才华，等于夸一朵花有白菜的斤两。"历史上的才女，也大都命运多舛，极少善终，比如蔡文姬、谢道韫、朱淑真等。

这个小女孩长大后也如愿做了谨遵三从四德的家庭主妇。从陆游为她写的一篇墓志铭可以看出来。其中这样写道：

夫人幼有淑质，故建康明诚之配李氏，以文辞名家，欲以所学传夫人。时夫人年十余岁，谢不可，曰："辞藻非女子之事也。"

陆游为这个孙氏夫人所写的墓志铭，就讲了李清照欲收她为徒的故事。从中可以看出这位孙夫人，对自己是个三从四德的家庭主妇，还是很得意的。

绍兴二十五年（1155），李清照怀着对死去亲人的绵绵思念和对故土难归的无限失望，在极度孤苦、凄凉中，悄然辞世，享年73岁。她走得是那样安详、娴静，宛若远游未回。

她死后，尸骨就留在了杭州西子湖畔，与孤山上的闲云野花为伴，而赵明诚的遗骨只能掩埋在建康城的郊野。两个珍爱一生的情人，最终都没有厮守在一起。清照孤魂有知，应是不甘吧？

生于乱世，半生悲苦。她饮下人生最苦的酒，却留给多少我们吟诵千年的绝唱……

这首词通过雨打芭蕉引起的愁思，表达词人思念故国、故乡的深情。上阕咏物，借芭蕉展心，反衬自己愁怀永结、郁郁寡欢的心情和意绪。首句"窗前谁种芭蕉树"，似在询问，似在埋怨，无人回答，也无须回答。然而通过这一设问，自然而然地将读者的视线引向南方特有的芭蕉庭院。接着，再抓住芭蕉叶心长卷、叶大多荫的特点加以咏写。蕉心长卷，一叶叶，一层层，不断地向外舒展。硕大的蕉叶,似巨掌,似绿扇,一张张,一面面,伸向空间,布满庭院,散发着清香,点缀着南国的夏秋。

第二句"阴满中庭"形象而逼真地描绘出这一景象。第三句重复上句,再用一个"阴满中庭"进行吟咏,使人如临庭前,如立窗下,身受绿叶的遮蔽,进而注视到蕉叶的舒卷。"叶叶心心,舒展有余情",歇拍二句寄情于物,寓情于景。"叶叶"与"心心",两对叠字连用,一面从听觉方面形成应接不暇之感,一面从视觉印象方面,向人展示蕉叶不断舒展的动态。而蕉心常卷,犹如愁情无极,嫩黄浅绿的蕉心中,紧裹着绵绵不尽的情思。全词篇幅短小而情意深蕴。语言明白晓畅,能充分运用双声叠韵、重言叠句以及设问和口语的长处,形成参差错落、顿挫有致的韵律;又能抓住芭蕉的形象特征,采用即景抒情、寓情于物、寓情于景的写作手法,抒发国破家亡后难言的伤痛;用笔轻灵而感情凝重,体现出漱玉词语新意隽、顿挫有致的优点。浙江大学平慧善教授《李清照诗文词选译》写道:起首一问句表现了词人对种树者的怀念与对芭蕉长成的喜悦，因此她移情入景，说"叶叶心心，舒卷有余情"，写芭蕉对人的深情，正是抒发词人自己的深情。上阕写从室内看芭蕉成荫，下阕则写枕上听雨打芭蕉。经过国难、家破、夫亡种种打击后，避难客居的人夜不成眠，夜雨不停地敲打着芭蕉，也敲打在词人愁损的心上。"起来听"这一外在的动作，曲折地表现了词人内心的万千愁绪。

附卷

余音与回响

几乎所有的生命均如一粒尘埃,最终都会无声无息地消失在浩瀚无穷的宇宙之中。而李清照则像一颗曾经照亮过天空的流星,坠落在茫茫的时空长河里,留给我们久久的余音和延绵的涟漪。在这么多的余音里,我们听到的除了赞美和仰慕外,当然还有一些质疑和诋毁的杂音,所以我们有必要在这里对这些质疑和非议,作一些回应。

在这些非议中,主要的焦点便是说李清照是一个"三好"女生——好酒、好赌、好色。下面我们就对这"三好"进行逐个回应。

一、好酒

自魏晋以来，饮酒几乎成了古代文人的一种生活仪式，是一种精雅的符号。被誉为"竹林七贤"的刘伶、阮籍、嵇康等人，无不以饮酒来表达超然物外的精神状态，从而感染了很多文人。到了盛唐，贺知章、张旭、王维、孟浩然、李白、杜甫等一大批文人将酒融入诗歌创作之中，从而使诗酒文化蔚然成风，并对后世产生很大的影响。

毫无疑问，宋代文人的生活方式及精神世界无不延续着唐人的基因。晏殊、柳永、欧阳修、苏轼、辛弃疾、陆游等，莫不爱在酒中"涤尽胸中垢""一醉解千愁"。当然，作为文人中的一员，李清照对文人的这种生活方式从小便耳濡目染，对酒也产生了浓厚的兴趣。"琴棋书画，诗酒花茶"实际上是那个时代文人离不开的几件雅事。

在李清照现存的诗词中，涉及酒的作品几乎占了一大半，从少女时代到婚嫁以后，再到漂泊南渡，跨越几十年的时间里，无论得意还是落拓，诗词与酒始终与她形影不离。比如青春少女时代：

莫许杯深琥珀浓,未成沉醉意先融(李欣彤 绘制)

常记溪亭日暮,沉醉不知归。

——《如梦令·常记溪亭日暮》

昨夜雨疏风骤,浓睡不消残酒。

——《如梦令·昨夜雨疏风骤》

莫许杯深琥珀浓,未成沉醉意先融,疏钟已应晚来风。

——《浣溪沙·莫许杯深琥珀浓》

初嫁时期:

共赏金尊沉绿蚁,莫辞醉,此花不与群花比。

——《渔家傲·雪里已知春信至》

金尊倒,拚了尽烛,不管黄昏。

——《庆清朝·禁幄低张》

东篱把酒黄昏后,有暗香盈袖。

——《醉花阴·薄雾浓云愁永昼》

断香残酒情怀恶,西风催衬梧桐落。

——《忆秦娥·咏桐》

人到中年时期：

新来瘦，非干病酒，不是悲秋。

———《凤凰台上忆吹箫·香冷金猊》

险韵诗成，扶头酒醒，别是闲滋味。

———《念奴娇·春情》

酒醒熏破春睡，梦断不成归。

———《诉衷情·夜来沉醉卸装迟》

客居建康时期：

坐上客来，尊前酒满，歌声共、水流云断。

———《殢人娇·后亭梅花开有感》

酒意诗情谁与共？泪融残粉花钿重。

———《蝶恋花·暖雨晴风初破冻》

酒阑更喜团茶苦，梦断偏宜瑞脑香。

———《鹧鸪天·寒日萧萧上锁窗》

南渡流离以后：

随意杯盘虽草草，酒美梅酸，恰称人怀抱。

——《蝶恋花·上巳召亲族》

酒阑歌罢玉尊空，青缸暗明灭。

——《好事近·风定落花深》

寻寻觅觅，冷冷清清，凄凄惨惨戚戚。乍暖还寒时候，最难将息。三杯两盏淡酒，怎敌他、晚来风急。

——《声声慢·寻寻觅觅》

还有很多，我们此处不作太多的罗列。对李清照是酒鬼的言论，在当时没有，哪怕对李清照抱有相当成见的王灼，也不曾提到过，因为那个时代的文人对喝酒这件事是习以为常的，就像我们现代人看满大街吊带衫、露脐装一样不觉得有什么不雅，倘若那个时候有谁在大街上穿这么一件服装，一定会很辣眼，一定会被视为伤风败俗。所以，现代人一见到李清照提到"酒"字，就认为她肯定是个"酒懵子",是个嗜酒如命的"酒鬼",这种认知里带有强烈的性别歧视和荡妇失德的那种偏见。

其实我们现代人对酒的理解和古人是不同的。今天喝的酒大多数是蒸馏后的烈性酒,这种酒有三个特点:第一浓度高;第二烈性强;第三制作难度大。正常人喝一点便会上头,会醉倒,当然也会产生一些副作用。而宋时的酒全部是用粮食发酵制作而成,也就是宋人所说的"醪糟"酒,浓度很低,工艺简单,那个时候几乎每一个有点积蓄的普通家庭都会酿制一定量的酒,大户人家每年都会用大缸储存。《红高粱》电影名里的高粱主要就是用来酿酒。这种酒夏天冷的喝,清凉解暑;冬天温着喝,保暖御寒。古人只是把它视为一种饮料。这种酒主要有两种颜色,一种是黄色,一种是绿色。宋代朱敦儒《鹧鸪天·竹粉吹香杏子丹》云:"无人共酌松黄酒,时有飞仙暗往还。"

而李清照经常喝的酒,大多数是绿色:"薄衣初试,绿蚁新尝。渐一番风,一番雨,一番凉。"

这种酒为什么叫绿蚁呢?因为每当这种酒共经过滤,

附卷 307

在被舀进酒杯或其他容器的时候，酒里产生的酒花会在杯里缓缓移动，像一只只小小的蚂蚁在绿色的液体里慢慢爬行，所以古人戏称这种酒为"绿蚁"。可见李清照的酒只是一般的普通家酿，李清照只是拿它当饮料而已。

所以如果拿李清照的"好酒"与当下那些动辄烂醉如泥的"酒懵子"相提并论，就是一种无端指责。用现代人的审美和规则来评价古人，就像有些专家说朱自清父亲违反交通规则一样，是多么可笑和无知。

李清照的词，有一半的作品皆从酒的意象中，凸显她的生命与性情之体现。她的一生，从浪漫的天真少女开始便伴随着亦喜亦悲、或轻或淡的酒意与诗情，不论是欣喜欢愉的开怀豪饮，或是身心俱冷的灯下独饮，都期许这几盏酒能为她带来一丝暖意，金樽所盛的不仅仅是酒，更是能承载她悲喜的知己，与酒形成了"酒我交融"的境界。因而，酒便成为对她不离不弃，悲喜与共，且至终老的灵魂伴侣。所以，即便李清照的"爱酒"有时太过，也不过是一种爱好，无伤大雅，有必要纠缠不休吗？

二、好赌

这件事似乎没有争议。毫无疑问,李清照在"赌"字上很厉害,有"赌神"之美誉。明代赵世杰《古今女史》还将李清照称为"博家之祖"。李清照"好赌"之名是她亲口说的。她在《打马图序》中说:

予性喜博,凡所谓博者皆耽之,昼夜每忘寝食。但平生随多寡未尝不进者何?精而已。自南渡来流离迁徙,尽散博具,故罕为之,然实未尝忘于胸中也。

这段话意思很简单,就是说她自己没有什么别的嗜好,就是喜爱赌博。这位堪称古代版赌神的李清照,一到赌桌就废寝忘食,而且她赌了一辈子,不论赌什么从来就没有输过。甚至在金兵入侵,与众多达官显贵一起南下逃难的时候,她也不忘带上自己的赌具。尽管在逃难的路上把这些赌具都丢失了,但是这些赌博的方式和技巧却一直记忆在自己的心里,从来未曾忘却。

在那个时候，大凡民间出现的赌博方式，没有李清照不会的。她在《打马图序》中，一口气介绍了二十多种赌博游戏，但她对其中大部分游戏持批评态度：

且长行、叶子、博塞、弹棋，世无传者。打揭、大小、猪窝、族鬼、胡画、数仓、赌快之类，皆鄙俚，不经见。藏酒、摴蒲、双蹙融，近渐废绝。选仙、加减、插关火，质鲁任命，无所施人智巧。大小象棋、弈棋，又惟可容二人……

有些游戏太难，会玩的人少，流传不下来；有些游戏太俗气，她又看不上；有些游戏难度太小，纯粹赌运气，不能体现智力发挥，被她嫌弃；还有一些能够参与的人太少，不热闹，让她感到索然无味，没意思。

俗话说："十赌九输。""常在河边走，哪有不湿脚。"很多人用这些话来告诉我们千万别涉足赌博，赌桌上没有赢家。古往今来，因赌博而倾家荡产的人不胜枚举，而独李清照是这个鬼门关里的一朵奇葩。她几乎逢赌必赢，无人能敌。任何游戏，只要让她知道具体规则，她都能通过游戏的思考、分析，参透其中的奥秘，计算大致的概率，做出最优方案，拿出最优抉择——这就让她具有战无不胜的能力。而这种无师自通的天赋，绝对不是仅仅靠运气能实现的，而是需要绝对的智力和推理的能力。

可以肯定，李清照智力远超常人，无论是记忆力、逻辑力、观察力、判断力、语言能力等，各种数据遥遥领先于常人。

她在《金石录后序》中说：

余性偶强记，每饭罢，坐归来堂，烹茶，指堆积书史，言某事在某书、某卷、第几页、第几行，以中否，角胜负，为饮茶先后。中，既举杯大笑，至茶倾覆怀中，反不得饮而起。甘心老是乡矣！

她说我的记忆力极强，每次饭后 起烹茶的时候，就跟赵明诚用比赛的方式决定饮茶先后。其中一个人先提问某典故是出自哪本书哪一卷的第几页第几行，然后让对方回答，能猜中的先喝茶。而每次这种比赛往往是李清照成为赢家，从而获得先喝茶的权利。这种胜利者的愉悦，让她边喝茶边大笑，以致经常把茶泼到自己的身上，这种喜悦让她一辈子都难以忘记。由此还留下一个"赌书泼茶"的千古佳话。

在众多的赌博游戏中，她唯独钟情于"打马"。她在《打马图序》中说：

独采选、打马，特为闺房雅戏。尝恨采选丛繁，劳于检阅，故能通者少，难遇勍敌。打马简要，而无文采。

她说采选和打马这两种游戏很有意思，适合女孩子在闺房解闷玩耍。可惜采选这个游戏过程太复杂，翻检起来很不方便，我也找不到对手，没人跟我玩，所以渐渐地放弃了。打马倒是相对简单，可以找人来陪玩，遗憾的是这种游戏没有文采。

由此可见，李清照爱赌博的原因只是想打发无聊的闺房时间，从这些游戏中获得点乐趣罢了，不是冲着钱而来的。

为了让更多的人会玩这种游戏，有更多的人陪她消遣时间、充实无聊的生活，她着手写下了《打马经图》，用图文并茂的方式，把这种古老的游戏记录下来，并详细介绍这个游戏的规则和技巧。她还手把手地指导周围的人来共同玩，这就是她独乐乐不如众乐乐的趣味。

当然有很多人说，"打马"就是现在的麻将的雏形，甚至大名鼎鼎的杨雨教授也附和这种观点。笔者不知道杨雨老师有没有研究过"打马"这个游戏，但笔者敢肯定的是，杨雨教授一定不会赌博。很多爱打麻将的人将李清照奉为"麻将祖师"，笔者认为他们一定是拜错庙门了。如果非要说"打马"与"麻将"有什么接近之处的话，那只有这两个名字里的"马"和"麻"字读音接近，其他内容就风马牛不相及了。

首先，道具的数量不一样，"打马"的道具只有三十多张牌,而"麻将"是一百四十多张;其次,"打马"可以很多人同时参与,而"麻将"只能四个人;第三,"打马"的牌上面对应着固定的文字,而"麻将"是一个个图案;第四,"打马"游戏是需要类似于象棋盘的图纸,而"麻将"没有;第五,"打马"游戏是有一个庄家的,"麻将"是四个人平等角逐的;等等。从这些特点来看,我们可以肯定"打马"不是"麻将"的雏形。

其实"打马"是棋艺游戏,棋子叫作"马",棋盘叫"打马图",通过掷骰子来决定"马"进军位置,"马"可以通过布阵设局来防守,也可以闯关过堑进攻对方,最后计袭敌战绩,以判输赢,并定赏罚。这是一种智力游戏,这种智力角逐在那个时候无人能出李清照之右。

李清照好赌是板上钉钉、无可争议的事实了。但她算不算"赌神"?笔者认为不算,因为没有证据证明她是以赌钱为目的的,至少这句话不够严谨。李清照爱赌的目的不在于赌这件事的本身,她最大的爱好是喜欢穷根究底地琢磨这些游戏背后的原理和技巧,并以此为乐,甚至废寝忘食，这种态度和普遍意义上的赌鬼是大相径庭的。这种精神不但不应该受到指责，而且应该值得我们去学习、尊敬。

三、好色

李清照的好色之说，比前两个说法显得更加偏激和恶毒了，所以我们必须予以澄清和辩驳。

对李清照的好色中伤，自南宋时代就已经开始了。当时有一个文人叫王灼，这个人本身也是风流成性的，但他却主张词要雅正，反对鄙俗、艳俗的词风。他在《碧鸡漫志》里对柳永和李清照进行了非常刻薄的批评。客观地说，柳永的确有一些低级趣味甚至近乎淫亵的艳词，这是有目共睹的，但王灼给易安词的这份评价，无论在古时还是今天，都让人认为有失偏颇，甚至有故意攻讦之嫌。

王灼《碧鸡漫志》曾评价李清照说：

闾巷荒淫之语，肆意落笔。自古缙绅之家能文妇女，未见如此无顾藉也。

胡仔在《苕溪渔隐丛话》里说：

有《启事》与綦处厚云："猥以桑榆之晚景，配兹驵侩之下材。"传者无不笑之。

杨维祯在《东维子集》里评价道：

近代易安、淑真之流，宣徽词翰，一诗一简，类有动于人。然出于小听挟慧，拘子气习之陋，而未适乎情性之正。

明代文人叶盛称：

文叔不幸有此女，德夫不幸有此妇。其语言文字，诚所谓不祥之具，遗讥千古者欤。

晚明一个叫张娴婧的女诗人，写了这样一首诗：

从来才女果谁俦,错玉编珠万斛舟。

自言人比黄花瘦,可似黄花奈晚秋。

张娴婧这首诗所要表达的意思是,尽管李清照自比瘦弱的菊花,但菊花还能够经受秋霜并绽放,而李清照却不能忍受自己人生的"秋天",只好通过再婚来寻求安慰,这种做法损害了她的道德完整性。

从这些言语里我们能够看到,当时这些文人对李清照的挑剔和较真确实到了非常刻薄的地步了。我们不妨来看看他们所谓的"荒淫""未适乎情性之正"的指责,到底有没有被曲解或者故意抹黑的因素?且看下面这首词:

见客入来,袜刬金钗溜。和羞走,倚门回首,却把青梅嗅。

——《点绛唇·蹴罢秋千》

这一首尤其受到古代许多文人的非议,他们认为"倚门回首"就是倚门卖笑。他们不能想象李清照作为一名大家闺秀能写出这种直抒少女思春怀情的句子,甚至有人认为这是娼妓之作,而假托李清照之名。对于这个观点,我们在前面的正文里已经做过解释。这里的倚门回首,只是少女羞怯的时候一个瞬间的动作,并不是娼妓那般一个持久性的行为。倘若以这个理论,娼妓以卖笑为业,是不是普通人就不能笑呢?这不是无稽之谈吗?还有如下一首:

红藕香残玉簟秋。轻解罗裳,独上兰舟。云中谁寄锦书来,雁字回时,月满西楼。

——《一剪梅·红藕香残玉簟秋》

有人说:"轻解罗裳,独上兰舟"之语极其淫秽。他们的解释是:"轻轻地脱了衣裳,独自一个人上了床。"说兰舟是一种床。而我们认为"解"有提起来的意思。古人服装上身的为衣,下身为裳。轻解罗裳,当然是轻轻地提起裙摆,然后走上小船的意思。这是一个很优雅的动作,却被联想到那种床笫之事，实在让人感到好笑而又无奈。

我们再来看一首被古人批评为不成体统的词：

暖雨晴风初破冻，柳眼梅腮，已觉春心动。

——《蝶恋花·暖雨晴风初破冻》

这首词是李清照随赵明诚莱州任上时的作品，初到莱州，她对这个环境充满了好奇。初春时节，春风化雨，和暖怡人，大地复苏，嫩柳初长，如媚眼微开，艳梅盛开，似香腮红透，到处是一派春日融融的景象。李易安前半生的生活没有大的波折，所以她目光所向之处，皆赋予生命的灵动。柳叶以她纤柔的眼睛，梅花以她的粉色的脸庞告诉这个世界，她们萌发了春天的气象。她以其独具的才情、细腻的情感，以及对外部世界敏锐的感悟、强烈的关注，写下的出人意表之想象，正可谓慧心独照，发人所未发，见人所未见。

这种赋生命于草木的笔法，却被一些酸腐文人口诛笔伐，认为是淫浪之词。他们像机器一样，只会呆板地一个字一个字地解读每一句词意，只要出现"春心"这类的敏感词，便立即拍桌子大骂有违道统，他们从来不曾有过真正诗意的想象力，展开物我一体的想象，只管从别人只言片语中肢解一些句子，自以为是地把自己的一些猥琐的想法，强加于别人，他们其实就是一些不解风情的老蠹虫而已。

至于"被翻红浪"之类的曲解，我们更不需要去反驳。柳永也曾写过"被翻红浪"，所以王灼一派都认为李、柳所作都是些污秽之词。其实李清照的"被翻红浪"描写的是被子的一种静态，是词人起床后没心情整理被褥而产生的一个零乱的画面。而柳永的"被翻红浪"则是一种动态的行为。虽是同样的语言，但语境不同，两者之间便有着天壤之别。

那么是不是所有针对李清照的指责都是空穴来风、毫无依据呢？当然也不尽然。我们来看她的另一首《丑奴儿》：

绛绡缕薄冰肌莹,雪腻酥香。笑语檀郎:今夜纱厨枕簟凉。

大多数人认为,这是李清照写得最露骨、最淫秽的一首词。有人说,"今夜纱厨枕簟凉",这是李清照勾引赵明诚之语。这首词备受诟病,后人皆批评其露骨风骚。

这首词具体是不是李清照所作,尚有争议。柯宝成编著《李清照全集》(崇文书局2015年版)便将此词列入存疑卷中,不作李清照的正词。王国维次子王仲闻《校注》云:"四印斋本《漱玉词》注:'此阕词意肤浅,不类易安手笔。'"便明确否定这是李清照所作。但仅从词意风格上来否定,似乎还是缺少了一些科学的依据。我们从与李清照同一时代的王灼"闾巷荒淫之语,肆意落笔"的评语中,又没什么理由来证明不是她的作品。

争议归争议,我们且不谈这首词是不是李清照所作,既然曾经被收录进《漱玉词》,我们便认为它就是李清照所作吧。这是人家夫妻之间的风情调笑之语,正如"吹皱一池春水",跟他人有什么关系?夫妻之间别说催丈夫早点休息,比这更甚的事多着呢,难道这就违背礼教了?就有碍观瞻了?古人爱搞文字狱,从给李清照这么多上纲上线的条目中,我们便可以窥得其中的一斑了。可是那些指指点点的卫道士们,哪一个不曾烟花柳巷地奔走过?哪一个在花枝招展的女人面前是正襟危坐地满口仁义道德?只许州官放火,不许百姓点灯的行径,这种五十步笑百步的荒唐腔调,岂不可笑?

最后,我们来谈一谈李清照再嫁的事。

很多文史资料上都证实了李清照曾经再嫁张汝舟。但自明代以后便有很多学者对此事进行质疑。

明代,有一位叫徐渤的学者在《徐氏笔精》中对李清照改嫁一事进行质疑。理由主要是两点:一是绍兴二年,清照已年近五十,似无改嫁的可能。当时国破家亡,作为南逃的官员家属,李清照还会有多少财产?那么市侩的张汝舟会追求如此年纪之李清照?令人不可思议。二是宋代官宦出身的妇女，一般是不允许改嫁的。李清照父李格非，熙宁进士，历官太学博士、著作佐郎、礼部员外郎、提点京东刑狱。其夫赵明诚，出身宰相之家，由太学生入仕，历守莱州、淄州，终知江宁府，著有《金石录》。这样官宦家庭出身的李清照不可能改嫁，所以改嫁之事不可信。

清代学者俞正燮《易安居士事辑》从几个方面论述了清照改嫁的不可信。他先采用史家编年的方法排比岁月，从中指责有关著作记载的不可靠——《建炎以来系年要录》的作者李心传，其所居之地与李清照远隔万里，很可能是误传误听而误载的结果。然后考证了李清照的生平经历，也认为没有改嫁的可能。最后指出上面清照那封信的可疑之处，如信中记载了改嫁、不和及矛盾加剧的整个过程，由是李清照告发张汝舟的罪行，涉讼要求离异，应该是正当的行为，为什么信中后面又称此事为"无根之谤"？且以为"已难逃万世之讥"，更"何以见中朝之士"，以至"清照敢不省过知惭"，把问题说得如此严重呢？再如男婚女嫁为世间常事，朝廷不需过问，但在《投内翰綦崇礼启》一信中怎么会有"持官文书来辄信"诸语呢?此信前后矛盾,文笔劣下,却又杂有佳语,定是经后人篡改过的本子,信中有关改嫁方面的内容,定是后人恶意添加上去的。据此信的内容分析,应是李清照感谢綦崇礼解救"颁金通敌"一案的信函。

近代学者况周颐写文考证了李清照与张汝舟在赵明诚死后的行踪,结论是两人的踪迹各在一方,判然有别,不可能有婚配之事。学者黄墨谷还补充道,綦崇礼与赵明诚有亲戚关系,李清照如果真的改嫁,且还因改嫁而涉讼,会好意思向前夫的亲戚求援吗?赵明诚的表甥、綦崇礼的亲家谢伋在《四六谈麈》中引用李清照对赵明诚表示坚贞的祭文,仍称清照为"赵令人李",难道他对清照改嫁之事会一无所知?李清照自传性文章《金石录后序》约作于绍兴五年(1135),却只字未提自己改嫁之事。李清照晚年曾自称"嫠妇",意即寡妇,若改嫁后又离婚的话,她能这样自称吗?所以李清照前面那封书信只有为了感谢綦崇礼解救"颁金通敌"一案而作,那才说得通。写信感激朋友数年前的帮助，也是常有之事。如此等等，我们就不再赘述更多的观点了。

尽管上述学者提出这么多有价值的理由，现代学者王仲闻、王延悌、黄盛璋等人，还是坚持李清照改嫁是无可否认的事实。

如黄盛璋《李清照事迹考辨》一文中指出：胡仔、洪迈、王灼、晁公武诸人都是李清照同时代人，其著述的性质又都是史书、金石、目录等严肃的东西，胡仔一书写成于湖州，洪迈一书写成于越州，离清照生活之地并非遥远，不至于讹传如此。况且这些著作成书时，清照尚健在，难道这些学者敢于在清照面前明目张胆地造谣中伤，或者伪造那封书信，这是不合情理的。何况，南渡后赵明诚的哥哥存诚、思诚都曾做到不小的官，赵家那时并不是没有权势。而"颁金通敌"案发生于建炎三年，清照那封信写于绍兴三年之后，之间相隔好几年，二事应并不相关。谢伋之所以仍称清照为"赵令人李"，是在看到清照改嫁后仍卷卷于明诚，为完成前夫遗志而不辞辛苦的事实之后，存心避开有关旧事的做法。

中国古代妇女守节之风要到明清两代才趋严格,而改嫁在宋代是极为平常之事,有关官员家中妇女改嫁之事史书中时有记载,甚至对皇室宗女都有诏准许改嫁,所以,宋人对李清照改嫁一事是不会大惊小怪的。至于明、清时期有关学者的那些"辩诬",主要是卫道士们不能接受一代才女没有从一而终的这段历史"污点",从而拼命加以掩饰,力图否认她改嫁的事实,这没有什么奇怪的。

近年又有学者提出"强迫同居"说,认为是张汝舟伪造了"玉壶颁金"的官府文件,恐吓李清照,如果不嫁给他,便按照文书上的罪名,让她沦为官婢或被强卖等。所以便有李清照那封书信中"弟既可欺,持官文书来辄信"一句中的"持官文书"一说。张汝舟对李清照这位才女仰慕已久,便使用手段搞到有关的官文书批条,并骗取清照的信任,将她据为己有,所以书信中接着说"呻吟未定,强以同归",终被强迫来到张家。这样,一个孀妇因冤狱被官府错判而为人强占,这类强迫同居的性质与自愿"改嫁"

的婚姻是两回事。

当然，这桩公案我们今天也无须争论。从我们今天的视角来看，李清照改嫁与否，并不影响她的地位和她在我们心目中的形象。她在婚姻上的爱憎分明、行为果断、态度坚定、敢作敢当的精神，就算是相当开放的今天的人都很难做到。可见，她不仅是一位杰出的女词人，也是一位刚烈的勇士。

后记

文字最大的魅力在于可以定格时光。

这本书,从构想到完成,一路走来,回首时,留下的都是感动。

当物欲充斥心灵的时候,我们依然可以遇见理想,遇见真诚,遇见善良,遇见温暖,遇见纯粹。这些用心写就的文字,定格的不仅是李清照的繁华与悲凉,定格的也是我们的努力与执念。

回想起整个写作的过程,我们所遇到困难远远超出了最初的想象。尽管有关李清照的书很多,但真正可提供参考的史料性资料其实还是非常有限的,主要是因为原始的资料太少。对于李清照的研究，最早的文献只有《苕溪渔隐丛话》《容斋随笔》《碧鸡漫志》《郡斋读书志》以及《建炎以来系年要录》等，胡仔、洪迈、王灼、晁公武等人是李清照同时代人，他们的著作固然可信度很高，可是对李清照的记录也仅是只言片语，不仅带着些许偏见，而且无法贯穿李清照人生的始终。于是，最有价值、最可信的只有李清照本人在《金石录后序》里的记录，这为我们提供了很多史料信息。在这样的情况下，为了把李清照的故事讲好，我们只能参考现行版的相关资料，那么这些资料只能当故事来读了，不必较真。

清人叶燮所说："诗是心声，不可违心而出，亦不能违心而出……故每诗以人见，人又以诗见。"读诗就是读人。我们在结合前辈们考证的前提下，努力将李清照的诗词置于历史叙事的背景中，读其词如见其为人，知人论世，以这种切入的方式，让读者更好地融入诗词的情境，从而更好地理解作品，与词人形成情感上的共鸣，进而还原给读者一个生动、立体的李清照形象。

我们之所以对李清照如此情有独钟，不仅仅是因为她曾经在南京待过一段时间，与南京这座城市有过时空上的交集，也不仅仅因为李清照是中国古代女性中最杰出的代表，而是因为她所处的年代是一个值得当下的我们去了解、去思考的时代。所以，我们在写李清照命运转折时，特意安排了一段北宋最后时期的简史。我们要让读者们看一看，一个国家一旦被侵略、被欺凌，每一个人的命运都会发生什么样的变化？无论你是帝王还是百姓，覆巢之下焉有完卵？站在历史的镜子前，值得思考的东西很多！

大宋王朝是一个非常典型的历史标本。尽管在经济和文化上空前繁荣，但是在政治和军事上却平庸无为，主要表现在政治腐败、官员冗杂、军事孱弱、重文轻武。家有重金若不能看护，则重金便是祸端。其实武力不足，还不是大宋最致命的弱点，无论北宋还是南宋，他们最致命的弱点是缺少务实的战略眼光。为了一点点面子，北宋不惜联金灭辽，导致更强的敌人卧于睡榻之下，最终北宋灭于金。而这个教训并没有被南宋吸取，仍然是为了面子，南宋又联蒙灭金，最后重蹈覆辙，又被更强大的蒙古给灭了，这是多么痛的领悟啊。一次又一次的战略失误最终将整个国家拖入万劫不复的深渊。

李清照便生活在这个非常特殊的年代，她纵跨了大宋王朝的北宋和南宋，既经历了北宋的繁华，也遭受了南宋的没落。作为一个女人，尽管她身怀绝学，胸有大志，但她却被命运的绳索牢牢地捆绑在时代的战车上，不断坠向深渊。

今天我们读李清照，除了惊艳于她的词作，感叹于她的际遇之外，还能读到点什么呢？我们希望以她的人生经历告诉年轻人"国家兴亡，匹夫有责"的道理，并借以唤醒每一个人居安思危的意识。通过剖析这段历史标本，让李清照的悲剧永远不要在我们这个国家和民族重演。

李清照是我们心目中的一座丰碑，同时也是我们灵魂里的一个痛点。愿我们的丰碑永存，愿我们的痛点不再疼痛。谨以此书献给热爱古典文学、关心国家前途与命运的你。

真诚，是所有事情的起点也是终点。我们只愿这本诚意满满的作品，能够带给你一些收获、感动和思考，陪伴你，温暖一段时光。

最后，感谢所有为本书出版提供支持和帮助的朋友们，特别感谢南京出版社徐智博士为本书付出的辛劳，感谢李欣彤为本书绘制插图。愿这本真诚之书成为每个人心中最美的记忆！

编者

2023 年 3 月